Quase-romance

Vladimir dança para as máquinas

Tiago Basílio Donoso

KOTTER EDITORIAL

Coordenação Editorial: Sálvio Nienkötter
Editor-Executivo: Claudecir de Oliveira Rocha
Editor-adjunto: Daniel Osiecki
Capa: Paula Villa Nova
Design editorial: Carlos Garcia Fernandes
Ilustrações: Fernando Lionel Quiroga
Produção: Cristiane Nienkötter
Revisão e preparação de originais: O Autor

Dados Internacionais de Catalogação na Publicação (CIP)
Angelica Ilacqua CRB-8/7057

Donoso, Tiago Basílio
Vladimir dança para as máquinas : quase-romance / Tiago Basílio Donoso. — Curitiba : Kotter Editorial, 2023.
240 p.

ISBN 978-65-5361-173-3

1. Ficção brasileira I. Título

CDD B869.3

23-0466

Kotter Editorial Ltda.
Rua das Cerejeiras, 194
CEP: 82700-510 - Curitiba - PR
Tel. + 55(41) 3585-5161
www.kotter.com.br | contato@kotter.com.br

Feito o depósito legal
1ª Edição
2023

Quase-romance

Vladimir dança para as máquinas

Tiago Basílio Donoso

LITERATURA
BRASILEIRA
"VLADIMIR
DANÇA
PARA AS
MÁQUINAS"
de Tiago B.
Donoso

SUMÁRIO

Parte II

O primeiro selo: vão rompendo-se os laços entre as palavras.

Parte III

Segundo selo: arcos desmoronam em Arcos, generais gritam para o sol.

Parte IV

Terceiro selo, as duas cabeças da História: a boca das oliveiras verdes.

Parte V

Quarto selo: o livro é engolido e tornam-se escuras as luzes, as noites da noite.

Parte VI

O Dragão: a última dança para as máquinas.

Quase um posfácio

Mas que livro *estranho*: parece literatura saída de um tubo de ensaio. A começar pelo subtítulo, que vem mais para confundir do que para explicar: "Quase um romance"? De Chacrinha à Julieta de Shakespeare, então, que se pergunta, numa fala famosa e com ares de sofisma, "O que existe em um nome?" – já que, como a heroína continua, o cheiro da rosa não perde a doçura se ela for chamada de outro jeito. Pode até ser verdade, mas talvez "quase uma rosa" cheirasse diferente. A suspeita é a de que deve faltar alguma coisa, mas no nosso caso uma olhada no sumário impressiona e sugere, ao contrário, um excesso transbordante: cento e tantos capítulos em um livro que numa estante não para de pé sem escora? Só podem ser curtos, o que impõe ao conjunto um certo ritmo, e que de saída parece ser o de um tabuleiro sendo montado. PC McIntyre, Peninha Trudeau (e Vera Luz), Vladimir, Jéssica, Jair Johnson (!)... Gláucio Sparrow (e o Imenso), Esteves-Esteves (um banqueiro) e Nizete Rubens (uma empregada), Laudemiro Costa (mas quem é?, pergunta o capítulo): estranhezas à parte (que diabo de nomes são esses?), uma situação vai se armando e as cenas de abertura posicionam as peças do que parece ser um conflito central – "Vou matar Vladimir", diz J. J. já no quinto capítulo. Há lados claros: PC McIntyre e Jair Johnson são Maus como num melodrama, e o incógnito Vladimir deve por oposição pertencer ao lado do bem. Mas há também zonas cinzentas – Gláucio e a filha Jéssica, os jornalistas etc. –, com espaço para dilemas que se fingem interiores e fazem antecipar reviravoltas e surpresas como as dos seriados. Trata-se de um livro frenético, então, com uma trama hiperbólica feita de cortes rápidos, tiros e explosões, Vladimir sendo uma espécie de Jack Bauer do terceiro mundo?

Não – e não mesmo. As cenas vão se acumulando às dezenas, e é difícil dizer com certeza se algo de fato se desenrola. Há sem dúvida preparação, com acontecimentos sendo anunciados (um *vernissage*, uma missa campal, o tal assassinato), mas quando enfim chegam pouco ou nada têm de clímax – e de desenlace, então, nem se fala. A narração é tudo, menos a dos folhetins, e fica a maior parte do tempo emaranhando suas próprias metáforas e comparações, e não ocupada com aquilo que bem ou mal acontece, e que só ocasionalmente é claro. Já os personagens, quando falam por mais de uma ou duas linhas, não dizem coisa com coisa, seus muitos vaticínios febris fazendo por comparação com que os discursos de um Ivan Karamázov pareçam exemplos de comedimento: "Asfixia o espaço e traz o sol pra mim. Quero que você faça pra mim um Deus, esculpido em gasolina. Um evento astronômico, que de tão grande não caberá nos jornais", é o que PC McIntyre exige ainda no primeiro capítulo de um subordinado, que não se espanta como nós. A gasolina que alimenta incêndios e motores de explosão, o registro mais do que grandioso, termos escolhidos a dedo e de olho em imagens assombrosas porque aberrantes, *erradas*, a prosa roçando o sagrado a todo momento – de um lado, já está tudo aí. De outro, o tamanho do delírio entrega que, no fim das contas, nenhuma possibilidade de trama seria sustentável no longo prazo, o que dá aos capítulos iniciais seu lado de propaganda que se sabe enganosa. Mas a suspeita vai se confirmando: falta, de fato, alguma coisa, e que não é só um enredo em qualquer sentido tradicional do termo.

De volta outra vez ao sumário – cenas, cenas e mais cenas, supostamente simples, claras, diretas: visitas são recebidas, pessoas são observadas, outras se encontram, esperam, escrevem, descansam. Mas na prática, revolução, ditadura, reuniões de negócios e o juízo final são embaralhados e mais ou menos sobrepostos, tudo isso em prosa da mais alta voltagem: sem trama, tudo é clímax – mas o ritmo também sai virado de ponta-cabeça. A ficção dita bem-feita, parente próxima da *pièce bien faite* do século XIX, segue um conjunto de convenções mais ou menos implícitas, que todo mundo que já abriu um livro ou ligou a televisão tem na cabeça, mesmo que não saiba nomeá-las: restos do "realismo formal" de Ian Watt, a estrutura em três atos com clímax e desenlace, a variação entre momentos de tensão e relaxamento, a alternância entre cena e sumário, ou entre o "mostrar" e o "contar" de Henry James. Sumário: "Marcela amou-me durante quinze meses e onze contos de réis", uma frase para quase um ano da vida de Brás Cubas; e cena: Gregor Samsa "encontrou-se em sua cama metamorfoseado em um inseto monstruoso", e assim por diante. Diz-se em manuais e aulas de escrita criativa mundo afora que nos momentos de maior tensão narrativa a regra de ouro é *show, don't tell*: em outros termos, a ideia é a de que os sumários devem ser reservados para os acontecimentos secundários, que preparam e separam os momentos de máxima tensão, e que por sua vez devem ser "mostrados" em cenas. Sua função, vale insistir, é no mínimo dupla: *preparam* os acontecimentos importantes, fornecendo informações mais ou menos relevantes sobre o que acontece entre uma cena e outra; e *separam* os acontecimentos importantes uns dos outros, e que são também o mais das vezes (já que importantes) momentos de maior concentração de tensão. Falando de coisa parecida, o crítico francês Roland Barthes organiza a distribuição de tensão (ou informação narrativa) na prosa de ficção em termos de funções cardinais (momentos de decisão, i.e. de tensão) e catálises (basicamente tudo o que não for um momento de decisão), ao passo que o crítico italiano Franco Moretti se apropria dessa distinção estrutural de Barthes para rebatizá-la em termos de bifurcações e enchimentos, que têm menos cara de jargão.

Indo enfim ao que interessa: à exceção do sumário oficial que é o índice dos capítulos, há nesse quase-romance apenas cenas, e consequentemente uma tensão constante que não admite momentos narrativos de relaxamento – há, no máximo, o espaço em branco na página entre uma cena e outra. Mas se tudo é clímax, e como não se trata de leitura de uma só sentada, a atenção continuada não aguenta, e são os leitores que se encontram diante de uma bifurcação: pode-se ou fechar o livro por um tempo, ou tratar (mesmo sem perceber) partes do texto como enchimento. Levando em conta que há traços vestigiais de um enredo – a missa campal, por exemplo, é anunciada e aos poucos acontece –, com personagens recorrentes mais ou menos distribuídos em núcleos que interagem, a atenção que se esforça para ligar os pontos em uma trama que começa e termina (não é bem o caso) acaba por se distrair, salvo engano, nos vaticínios e descrições mais insólitas – e que são, apesar dessa posição estruturalmente inglória, o que há de mais valioso no livro.[1] Pois beleza monstruosa à parte (que existe e é frequente), há algo

[1] Talvez faça sentido também um contra-experimento: salvo um pequeno número de capítulos (os iniciais e não muito mais do que eles), arrisco dizer que a ordem dos demais poderia ser embaralhada sem grandes prejuízos de compreensão da trama vestigial. É algo que daria trabalho de fazer na prática, mas as releituras podem ser um substituto aceitável. Como diz Barthes em *O prazer do texto*, não se lê tudo num livro com a mesma intensidade, e a curiosidade de saber o que vai acontecer faz com que passemos muitas vezes distraídos pelo que na hora interessa menos. Se com Balzac a coisa vai sempre mais ou menos do mesmo jeito, há por outro lado a "[f]elicidade de Proust: de uma leitura a

sendo dito por meio dessa exuberância de imagens que vão formando um mosaico cada vez mais denso, e que não poderia ganhar expressão de nenhum outro jeito: tubo de ensaio, sim, mas também literatura.

Tauan Fernandes Tinti

Doutor em Teoria e História Literária pela Unicamp.
Pesquisador de pós-doutorado na UFPB
(bolsa PNPD/Capes, processo nº 88887.363097/2019-00),
onde também dá aulas.

---

outra, não saltamos nunca as mesmas passagens". Felicidade desse *Vladimir dança para as máquinas*, também.

Parte I

MEXEM-SE, FERVEM-SE DE GLÓRIA AS ÁGUAS: E NADA NASCE.

Paulo César McIntyre palita os dentes

O sol se põe na Várzea dos Automóveis. Um sol vasto, vermelho, um trêmulo colosso. Depois do pasto, onde árvores só galhos arranham a lua precoce, pássaros grandes, desajeitados tuiuiús atravessam o firmamento. Paulo César McIntyre apoia o pé no que resta de um trator. Olha o sol, o pasto e faz rodar o palito de dentes com um truque da língua.

PC McIntyre morde o palito e sua maxila emerge das trevas para a pele. O capataz, Célio, o observa de chapéu na mão.

"Amanhã, Célio. Sem mais demora. Quero aquele sol, ali, com a canga no pescoço."

O capataz agacha. Com o sorriso vincado e infeliz de quem encara o sol, murmura algo. "O quê?", pergunta McIntyre. "Pódexá", repete Célio, alcançando um talo de mato, que faz rodar na boca. Leva a mão à testa em posição de sentido e protege-se da luz.

"Quero o sol resfolegando e pedindo misericórdia. Quero essa gema lá, além do meu pasto. Amputa as pernas do sol, se preciso, enfia uma faca boa, uma lua, nos seus quarto traseiros. Quero essa estrela guinchando como um porco no meu pasto. Você é capaz?"

O outro não responde. Inclina a cabeça, estuda o horizonte. Obedece em silêncio, porque as histórias contam que o patrão, quando ainda vivia nos pampas, estrangulou um rio até a morte. Célio põe apenas a língua atrás da junção entre o canino e o incisivo, e sibila.

"Amanhã à noite, então. Asfixia o espaço e traz o sol pra mim. Quero que você faça pra mim um Deus, esculpido em gasolina. Um evento astronômico, que de tão grande não caberá nos jornais."

"Sim, senhor, patrão."

Os mosquitos-pólvora sobem da grama quebradiça ao trator, depois ao patrão e ao empregado. Torcem-se sobre seus corpos e compactam-se acima de suas cabeças, feito coroas.

Peninha Trudeau

Peninha Trudeau conta a sua amiga:

"Havia um boi e havia um coelho. Na fazenda. O boi nós sabemos como é: um animal algo assustado, mas cuja verdadeira atenção não se dirige a este mundo. O boi era grande, um animal e tanto, bruto. O outro vivia escondido e é difícil explicar um coelho. Desconfiado, um vigarista que destruía a horta da família dos caseiros e sumia. Sua fome e sua desconfiança o tornavam fantasmagórico e nunca pôde ser capturado. Não sei muito sobre coelhos, mas sei que é um animal esperto. E o boi comia e cruzava. E enchia seus dois grandes pulmões, abrindo sutilmente as costelas, com o ar quente e doce da fazenda. O coelho comia e cruzava, e era invisível. E nunca viam um ao outro, pois, quando acontecia de se encontrarem, não entendiam ou não apreendiam sua imagem e sua dimensão. Viviam no mesmo lugar, eram fonte de preocupação dos caseiros, respiravam o mesmo ar pesado, saturado como chá. E não se conheciam."

Depois de haver feito silêncio, sua amiga perguntou por que havia dito aquilo; se não havia mais nada.

"Não há mais nada. É uma fábula. Com boi e coelho quentes, vivos. O boi e o coelho estão na fazenda, agora. Nesse exato momento. Ardendo com pulgas, moscas, roendo preparados de soja e sal e alfaces cujos talos estão encardidos de terra. Pensando e fechando os olhos para dormir. Como fábulas."

Vladimir no bairro das Garateias

Deus clareou o dia no Bairro das Garateias onde há uma semana Vladimir se esconde. Um bairro de ferros-velhos e varejões, cabeleireiros, bares e estabelecimentos de moda feminina. Igrejas com jeito de teatro amador receberam os fiéis à noite em cadeiras plásticas, todos vestidos de domingo, sob um vasto céu indisciplinado, lascivo e latejante. Um pastor ergue os braços para o céu e lamenta; dança entre os fiéis com a bíblia em uma mão e o microfone em outra, seu terno preto aberto, a gravata vermelha dura como uma espada, a camisa azul empapada em suor; ele grita e se agacha, e sobe aos poucos, vibrando, germinando, e sua aleluia termina enquanto no céu surge um fosfórico relâmpago. Os fios de alta tensão correm embaralhados pelos postes em um frizz de eletricidade. Abraão é arrancado do deserto e lançado à periferia. Gatos rajados e demônios sobem em *bags* cheios de lata.

A noite termina engasgada em um prostíbulo, entre vasilhames e espelhos atarraxados ao cimento, presa como uma viscosidade na calcinha lavada, rósea, enforcada no varal. A calcinha recebe o primeiro raio de sol, ainda orvalhada, úmida, viva. Deus do alto de seu trono vê a calcinha no varal do prostíbulo, e clareia o dia no Bairro das Garateias.

Vladimir vê virando a esquina uma viatura da polícia. Vem devagar, cabeças e armas e uma lanterna para fora das janelas, como quem caça capivaras no leito do rio. O foco da lanterna invade os carros estacionados, mostra o interior desolado de um fusca, as chagas amarelas da espuma no estofamento. Os cães latem. Sabem que a Lei é adolescente no Bairro das Garateias e tentam expulsá-la. Um dos policiais faz mira no cachorro e ri. Mas eles não estão ali para caçar animais. Vladimir entra mais fundo no prédio vazio da antiga companhia de águas. A viatura passa entre lixo e paredes grafitadas. Um senhor, saindo de casa em sua bicicleta, vendo a viatura recalcula sua rota.

O dia está claro. Vladimir deita entre escombros. A calcinha jaz no ar, bolinada pelo vento. Um imenso comitê de cores saúda a luz, violentamente festivo, e faz apagar a lanterna e os postes. Um galo canta e seu canto, como uma ferida, coloca no lado de fora do mundo algo que deveria manter-se quieto, dentro, em segredo.

Vladimir está aliviado. A viatura acelera, vai embora. São 140 cavalos, furiosos, bêbados de etanol, o perpétuo e mecânico coração de Herodes.

Jair Johnson vai ao estádio

Jair Johnson colhe um arroto na palma da mão e o esmaga. Seu vizinho à mesa, o juiz Weisselmeister, finge que bebe e arrota longamente dentro da taça. No ar gaseificado do camarote, no frio de baixo-vibratório do ar-condicionado, alguém ergue a taça e agradece a Deus pelo fato de estarem assim reunidos.

No campo de futebol abaixo ou nos telões a que quase ninguém assiste, um jogador estufa o peito e colocando as mãos para trás com um quê de ave empurra o adversário, que é menor e o empurra de volta com os braços; forma-se um aglomerado confuso de incitação e contenção. Estão todos sujos de suor e de grama e de terra, algo desorientados pelo cansaço. Um casal de quero-queros voa no enfoque da câmera. Jair Johnson presta atenção momentaneamente no jogo enquanto seus parceiros conversam. Os atletas brigam e o juiz pega a bola no chão, molhada, um brigadeiro de grama; apita e arranca a autoridade colorida de um dos bolsos. "Ele deveria matá-los", pensa Jair Johnson.

O rosto do gordo Weisselmeister produz, lentamente, um óleo brilhante que faz reluzir as maçãs do rosto e o nariz. Protege-o, o impermeabiliza e faz com que cintile contra o mundo. Ele vê que Jair assiste ao jogo e comenta:

"Ainda dá tempo."

O garçom oferece-lhe outra taça. Um vinho escuro, cor de coágulo, que arrancou toda sua loucura da terra e do céu. J.J. aceita e bebe. Levanta-se. Deixa sua taça e pega um copo de cerveja, dirigindo-se ao terraço. Passada a porta de vidro, já sente a luz dos *flashes* vindos das cadeiras cativas. São luzes metálicas, puro fio. Jair Johnson sente-se mais importante que o jogo. Sente o cheiro de multidão. A esperançosa e suada humanidade. Ergue o copo de cerveja e debaixo de seu bigode espesso sorri com dentes violáceos. Alguns são capazes de ouvi-lo, quando grita:

"Eu vou matá-lo. Eu vou matar Vladimir."

O jogador que dá espaço para bater a falta respira com consciência. Concentra-se. A bola vai se tornando mais real, mais incompreensível. É um planeta, um crânio em couro sintético. Ele toma distância. O apito de juiz perfura o ar. Jair Johnson vê o jogador minúsculo, muito longe. Percebe que ele se persigna, e então o imita. Os refletores projetam no jogador uma legião de sombras. Ele corre uma corrida ritual e o peito do seu pé encosta na bola, no ângulo escolhido pela misteriosa força do Azar.

A peste

Na fronteira meridional sobe uma nuvem de gafanhotos e, vinda de cima, outra peste: esperando que os robôs fossem o próximo estágio e o desenvolvimento de suas estátuas, viu-se no entanto chegar outra coisa, totalmente distinta: robôs bacterianos, algoritmos que eram como pedaços de máquina em desagregação – nem grandes, nem meio humanos, nem microscópicos, mas vindos de outra galáxia, de um setor histérico e binário do universo. Como números esvaziados de sua carga utópica, vinham do norte em massas heréticas e invisíveis, e arrasavam o substrato da realidade antes exclusivamente ocupado pelos mortos.

Os gafanhotos puxam as descrições pela boca. Com o jardim do Éden em seus estômagos, convocados pelas entranhas da terra, sobem dos cardos, das várzeas, dos esqueletos das árvores aos céus e são um único arrepio em muitos corpos. Perturbam o horizonte, apagando as nuvens pela força de sua voracidade; trinam no amplo espaço um ruído magnético, intracraniano, e ilustram enxaquecas no céu. É a veloz igreja do deserto, de apaixonada esterilidade, determinada, e algumas locustas estouram nos vidros dos carros, explodem em faróis; rompem o intercâmbio entre o sol e a terra com uma noite orgânica, repleta de asas, antenas e de pernas, de repulsivo esplendor; passam pelas plantações e deixam os outros animais desnorteados, em pânico.

Um homem ergue o queixo e em assombro os vê passar. São tropas, a seus olhos. O móvel rosto do Senhor – e ele sente culpa. Ergue o celular e filma. E, de imediato, uma fisiológica nuvem de números se ergue da escuridão, grita, anuncia, e arremete nesse deserto cego como um dia artificial.

Vera Luz e Peninha sentados em um café

Peninha Trudeau olha sua amiga, Vera Luz, que o olha de volta e depois ambos observam o movimento da avenida principal. Ela bebe água direto da garrafa plástica, cinturada por uma faixa em que está escrita a marca: "Eterna". O café na xícara é uma noite, que Peninha engole para manter-se desperto. Quente, passa pela língua deixando-a dura e alaranjada; corpo adentro, escorre e se degenera, e está agora em seus olhos. Ele vê o movimento na avenida Eduardo Cunha, apinhada de gente. Vendedores de fruta – pêssegos, corados e moles de calor, amadurecendo segundo a segundo, seus buços arrepiados de febre; goiabas adolescentes, acneicas, contemplativas e distantes; mangas grandes, vermelhas, cardíacas e as patas amarelas dos cachos de bananas. Vendedores de frutas com carriolas, jovens e seus fones de ouvido, mendigos e um mendigo bêbado e assanhado, trabalhadores que resguardam suas identidades ocultando os crachás nos bolsos do peito (suas fotografias face a face com seus corações).

A luz do sol passa com dificuldade pelos prédios, perde-se na fumaça e alcança a faixa de pedestres em um losango esclerosado, branco, esmaecido, já esquecido do fato de que era o sol.

Ambos, sentados no café, têm o sangue agitado e quase se odeiam. Os olhos não conseguem encarar-se com maciez, e são corpos ásperos um para o outro. São amigos, contudo. Ela lhe diz:

"Não posso ajudá-lo, mas sei quem pode."

"Nem pense nisso. Eu não procuraria Vladimir."

"Não estou falando dele."

"De quem, então?" Incrédulo, ele ri.

"Sim. Ele, Jair. Com certeza nunca diria isso em público. Mas ele o ama. Ele o ama terrivelmente. Como uma criança."

Peninha Trudeau bebe o café. Sua inteligência produz a imagem de Jair Johnson, um fragmento, uma curta lasca de sonho. Ele sorri. A imagem estática refulge em uma intervenção de zinco, selênio e fósforo, os famosos bigodes faíscam na escuridão, um ícone, e para lá retornam. Peninha sorri, balançando negativamente a cabeça e bebendo, com inescrupulosa felicidade.

Enquanto isso, no helicóptero

O juiz Alberto R. Weisselmeister olha a cidade do helicóptero. Quanto mais distante, menor, torna-se mais peculiarmente íntima. De dentro da cápsula aveludada e branca e através dos fones de ouvido chegam abafados os sons das hélices, como se cabeças de pano fossem decepadas. Lâminas que não atingem corpos o erguem às alturas.

A cidade cujo nome é Várzea dos Automóveis cintila; os edifícios brilham com o branco de ossos lavados, os bairros afastados se amontoam, alaranjados e verdes; debaixo de véus, encimadas por guindastes, crisálidas de prédios novos. O helicóptero se inclina em curva. Há cinza nos céus, de onde vem o branco pesado que oprime a cidade, a faz brilhar a contragosto; automóveis passam (emancipados, pela distância, de sua violência) pelas fitas das rodovias e o ilíaco do anel viário; arma-se o tempo, que lentamente se paramenta de metais; as ruas e bairros têm o fulgor do que, pela luz, suplica pela água: a Várzea dos Automóveis cintila, é a foz das tempestades.

O doutor Weisselmeister rumina, vítima de refluxo. Olha pela janela com fastio. Seu bocejo turva o vidro e apaga a cidade. Sua caneta, prateada e azul, da cor da tormenta, garatuja em redor de um discurso. O helicóptero atravessa uma nuvem e perturba as altas entranhas do céu; entra com furor, convulsiona a chuva, gástrica, pulverizada, faz girar a neblina em fiapos e grãos a quatrocentos Rpm e à força de gasolina azul, como um relâmpago que houvesse enlouquecido; nas gotas revolucionadas há vida, bactérias, micróbios flutuando e lutando em prismas que decompõem a luz do sol, uma selva translúcida, suspensa, repleta de tensas proteínas, de cílios, uma floresta de diamantes e de cristais de gelo. A cápsula rompe a nuvem e desce aos poucos, a carenagem fria trespassada de gotas, o suor inorgânico da condensação. O doutor Alberto escreve de lado, vertical e torto, um parágrafo com um quê de cipó: "A justiça falha. E a injustiça também. Resta então essa poça estanque de sorte."

O helicóptero desce à terra, trazendo do céu o juiz Alberto R. Weisselmeister, da terceira vara criminal.

Gláucio Sparrow ouve o Imenso

No Bairro das Garateias, narcotizado por medicamentos controlados, Gláucio Sparrow sobe na perua e desamarra os *bags* com latas e papelão prensado. Sente uma fisgada, como se algo maligno o pescasse pela coluna. Abre a pochete e pega a pílula de paracetamol, que mastiga. De onde está, acima da perua, vê a antiga estação de águas e o horizonte, cuja linha é entrecortada por sobrados, erguidos um após o outro por uma pressão tectônica, a mesma pressão que produz os nomes e desenhos brincalhões nas fachadas e nos toldos, como gêiseres, pressurizados, como os maneirismos de um terremoto. O emaranhado de fios nos postes é a expressão de uma má vontade poderosa, quase demoníaca, a rede de uma aranha que palmilha no escuro e dentro das tubulações da história. A lua cuspida pelos escapamentos se esconde detrás das nuvens: um atabaque de língua cortada, um rugido amarelo sem leão.

Por hoje é só. Desce da perua em um salto. É gordo e ágil, apenas o ombro direito teve toda sua força devorada por um único e instantâneo choque elétrico. Deve agora ir ao pequeno escritório. Vai dançando, imitando seu personagem de ficção favorito. E chega à porta.

É uma porta de lata, aberta para sempre. Lá dentro, sob uma luz incandescente e fraca, está o homem Imenso. Sem camisa, suando, entre ferros retorcidos de arquivo, latas de tinta e motores decapitados, troféus de embreagens e caixas de câmbio, esqueletos de diferenciais. Gordo, dourado de suor e de lâmpada, entre músculos esfiapados de bobinas e crânios de aço, o Imenso fuma um cigarro atrás do outro, enfiado em sua escrivaninha como se não possuísse pernas – uma quimera. Sabe que Gláucio Sparrow entra. Rabisca algo em um grande caderno sujo e quadriculado. Gláucio o vê imerso em um véu de fumaça, que turbilhona lenta entre blocos de motor e camisas de pistão série ouro, condenadas. “Entre”, ele diz, reclinando-se, a escrivaninha imprimindo uma marca em seu peito.

“Já ajeitei e amanhã saio na primeira hora.”

Os olhos pequenos do Imenso fizeram-no calar. Procuravam-no semicerrados na fumaça, meio doentes, vermelho-alaranjados. Câmaras de combustão.

"Você precisa se conter. Parar. Diminuir. Você não me ouve."

Gláucio sorri com raiva e temor. A voz do Imenso abafa-se na neblina e parece ser a voz de estátuas.

"Onde está a seriedade?"

Gláucio pensa em falar e desiste. Já viu coisas do próprio Imenso que se sente obrigado a calar.

"Onde está a seriedade?"

"Eu sou sério", e conclui, depois de mascar o remédio: "Tenho que trabalhar."

"Você me dará a prova." O Imenso apaga o cigarro e um dos motores empilhados e pretos de fuligem se dilata. "Você levará sua filha. Você é sério?"

"Sou sério", responde, já imaginando que o homem lhe pediria aquilo.

"Quão sério? Amanhã. Não na primeira hora. Leve sua filha."

"Onde?", indagou sem olhá-lo nos olhos.

"Leve sua filha, amanhã, no altar da terceira vara criminal."

Uma mulher atravessa a rua em frente ao galpão, em sua camiseta a foto do filho sorrindo.

O banqueiro Esteves-Esteves e a empregada Nizete Rubens

O filho de Esteves-Esteves brinca no gramado de casa enquanto o pai conversa ao telefone sobre transações especiais do banco, de que é proprietário. O menino ensandecido gira sobre o próprio eixo. Gira e vai perdendo o equilíbrio, sem parar de girar.

"Sim", diz Esteves-Esteves ao telefone, "é a última vez. É o que eu te falo. Feche agora, e deixa eu te falar uma coisa…"

O menino gira ainda mais, para desespero da empregada. Gira até torcer o cordão umbilical que o liga à terra, até estrangulá-lo, e então cai. A empregada, Nizete Rubens, o acode; pega o que restou do menino, uma massa sem equilíbrio, em que trincou o poder da gravidade, e o leva para dentro. Ele se solta, assim que é capaz de orientar-se de sua embriaguez.

"Deixa eu te falar. Alternância de poder, eu ouvi dizer. Achei interessante. Mas escuta, não é bem isso…"

O menino anda com passos de quem foi baleado, com passos de cavalo novo. E começa a girar, de braços abertos.

"Sempre houve alternância. Uma hora aqui, uma hora ali. E agora acham que vão voltar, assim que der o nosso tempo. Mas você me escute bem…"

A empregada percebe que o pai está desatento. Olha o menino, brincando com a náusea do mundo, experimentando a vertigem no fio do estômago. Deixa-o brincar sozinho. Tira o celular do avental e, consultando as redes, vê a imagem dos gafanhotos ocultando o céu seguida do rosto de um homem desconhecido. "Senhor!", ela diz para si mesma, e incrédula volta a guardar o aparelho.

"Não vai haver alternância. Foi a última vez na história em que eles tiveram voz. Acabou. Nunca mais, até o fim dos tempos. Eles estão calados, e os anjos ficarão calados para sempre, e no vazio Deus governará com medo – já vejo um gato deitado, dormindo em seu trono. Marque o que estou te dizendo…"

Nizete Rubens tenta tocar o menino, de braços abertos e que rodopia. Ele já não ri. Sente girando a vertigem do Cristo parado e sai cambaleando, acreditando que vai a um lado e indo vigorosamente para outro. Ele cairá na piscina. Nizete corre e titubeia. Como um touro trespassado, o menino chega à borda da piscina e tem o manche de seu desejo invertido, embaralhado. Ela se aproxima.

"Temos o que é preciso. Há o que nunca houve, em nossa mão. Vamos cortar a língua do mundo."

Nizete Rubens tromba no menino, e à força de seu corpo arremete para lançá-lo ao chão. O pai, Esteves-Esteves, se volta para a criança e a empregada. Antes que desligue o telefone e se dirija aos dois, conclui o raciocínio:

"Marque as minhas palavras. Porque essa foi a última geração que falou."

As enxadas

Enxadas raspam o asfalto e amontoam a areia com cimento e pedras, até formar um monte. Alguém traz a lata de tinta repleta de água, torto pela hemiplegia do peso. Despeja no centro do vulcão. Respingos de cimento colorem de cinza os pés e as sandálias, um fio de água escorre e é contido pela enxada, o som primitivo, neolítico, de enxada raspando pedra.

Alguém ainda trabalha. Edifica, antes do fim dos tempos. O último pedaço do santo se arrasta pelo nosso mundo, dedos no chão, até que escoa por fim para a fresca escuridão.

Hora do jantar na casa de PC MCIntyre

O pó que sobe pelo arrasto dos treminhões na vicinal mistura-se ao pó que, no pasto ao lado, o gado levanta em trote. A carga de soja não vem de longe, mas da fazenda lindeira. Vai, contudo, dar voltas no planeta e retornar, como um filho pródigo, na boca do mesmo gado que pasta ou trota a seu lado. E será bem recebida, no centro da festa, no interior de um banquete de pó.

Os bois e vacas trotam na nuvem de poeira, as barrigas cheias de soja cosmopolita, ressentida, que passa por seis estômagos e volta, e redunda em trote. Com a pesada elegância de seus cascos, saltitam todos na mesma direção. Recordam remotamente gnus, sobrecrescidos e sobrenaturais, impossivelmente gordos por uma fome que não é deles.

E trotam, sendo ocultos pelo pó que sobe. Da neblina material veem-se chifres, ancas, cupins e rabos estranhamente parecidos a rabos de leões. O chão quebradiço treme como água tumultuada pelo vento. O pó eclode dos microterremotos e abre asas, engole as figuras dos bois – um véu espesso de memória que, protegendo-os com seu amarelo sujo, hepático, provoca a sensação de que esses bois enormes são também formas poderosas do passado. Cabeças de gado submergem na neblina, na sexta-feira santa da terra.

PC MCIntyre prepara o jantar. Lava as mãos perolizadas de sal grosso e sangue (como se houvesse atravessado com um soco um tampo de vidro temperado, a própria película entre a carne e a carne). Passa pela sala, onde três dos quatro filhos assistem ao jogo de futebol. A esposa conversa no corredor escuro que poderia dar em um abismo, mas a voz que assente ao fundo, envolta em produtos de limpeza como um orquidário químico, está viva. A esposa fala e sua voz perfura o volume da televisão, arremete no corredor e entra nas gavetas, faz vibrar as já pegajosas e esquecidas películas fotográficas. Em uma delas, PC MCIntyre sorri segurando pelas guelras um peixe faiscante e tenebroso.

Ele pega os ossos e o que restou da limpeza da carne e os deposita em uma vasilha. Abre a porta dos fundos da cozinha e vai ao canil. Algo daquela poeira levantada longe entra em suas narinas. Anoitece. Passa pela piscina, em cuja água azul as fuligens flutuam – como o chão de uma barbearia, cortados a fogo os cabelos pretos das nuvens. Pega o caminho de cascalhos, grãos fraturados de seiscentos milhões de anos, que riem feito pequenos diabos pelas cócegas dos seus passos. Vê ao longe um capanga que ri, o rosto iluminado pelo celular. Chega ao canil.

Os cães estão desesperados e ele vai lhes dar carne, osso e liberdade. Abre os cadeados um a um e os alimenta. Entre rosnados e ganidos, entre tristeza e ansiedade, ele se distancia. Olha o pasto, enquanto dois cães tornam-se bípedes para brigar. A noite ainda tem uma sombra de dia, a faixa amarelada e verde urina é o rabo do sol que vai descansar em outros estábulos, entre galáxias e pó e cascos, com seu trote nuclear, incendiário. PC MCIntyre caminha em direção contrária à sua casa, seguido pelos cães. Entra na noite. Atravessa a neblina seca, olha o horizonte. Inspira. Limpa o nariz com as costas da mão, com cheiro de sal, de sangue e de cães. Expira e olha com orgulho os pastos e ouve com soberba os grilos e os patos, cujos sons abrem um flanco no escuro. Inspira o ar com volume de gado. Em suas narinas, aderindo ao seu pulmão submerso, o pó que foi levantado da terra, feito de passado, nitrogenado de mortos.

Ainda na companhia de águas

Vladimir anda como um rato pelos escombros monumentais da antiga companhia de águas. As paredes grafitadas surgem do escuro roídas; um cômodo dá lugar a outro, um muro está caído, há colchões e cobertores, isopor de marmitas vazias, talheres de plástico e latas; as pichações são afrescos de uma igreja desesperada: alfabetos explosivos, de anúncio, convivem em luta com runas e palavras em derretimento; anjos e demônios duelam em sua forma lexical, municiados de letras e das espadas coloridas do Verbo; Vladimir corre, anda e se agacha, espera que seu coração se acalme, sente o medo de quem entrava nas primeiras zonas ritualísticas. As catacumbas explodiram. No topo de uma imensa caixa d'água, o grafite impossível, inalcançável. A perseguição empurrou afrescos para as bordas do mais alto abismo – os homens já não ouvem, é preciso comunicar-se com as nuvens.

A noite pulsa em contrabaixo sob os pés de Vladimir, que alcança a seção de tratamento da antiga companhia. Há tanques extensos, cuja água parada cheira a decomposição moral. Vladimir sente que está dentro do ânus do mundo. Apoia-se nos gradis ainda amarelos, pintados há muito com tinta automotiva. Respira. Inclina-se sobre a água. Jair Johnson e seus afiliados podem estar procurando-o. Inclina-se mais, bem seguro nos gradis, e olha para baixo. Um cascalho cai na água, que faz ondas. Surge trêmula uma imagem, uma confusa reflexão sobreposta do céu e do inferno. Vê o que parece ser uma ogiva.

Uma bomba, grande e robusta. Um ícone religioso em um sanatório. Como Nossa Senhora, a Aparecida, ainda presa às águas de onde foi resgatada, talhada em hidrogênio, sua capa de metal inconsútil soldada a laser por um tenebroso alfaiate de luz, cujo corpo é articulado e inumano como os corpos dos bodes. Vladimir não crê no que vê, mas está ali – não exatamente na superfície, tampouco dentro do tanque – nem submersa, nem emergida. Solta-se um véu. A bomba é mais visível. É o corpo do fim do mundo, um segredo explícito: o míssil é a mensagem, o lápis do fim dos tempos. E a ondulação circular arranca mais um véu. Está ainda mais nítida e incompreensível. Tem barbatanas e capas, termina ogival como uma basílica, em cujas bases há um teológico código de barras: é a expansiva prisão em fogo, quando os movimentos de germinação e florescimento são unos com os da boca que se abre para engolir. E solta-se mais um véu, e a bomba aparece, apenas intuída. É a irrepresentabilidade da imagem de Deus, tornada visível. O ícone da serpente, o templo que vai colher pessoalmente o seu sacrifício; o deus sol que não pode ser encarado e que se aproxima, descendo veloz do altar do céu, o projétil que é lançado para trás, contra o futuro, o sexo ritual entre chamas e pássaros incinerados. A última escultura, liga de bronze e debêntures, é a deusa da fertilidade em um sereno e automático delírio suicida: a soberania das estátuas sobre a realidade. O fim da ironia.

Vladimir segue acompanhando o *striptease* da bomba, passo a passo, surgindo na água, e pensa se ela conseguirá prosseguir revelando, e ao fim ainda manter o segredo. Tem segurança de que presencia um anúncio, de que os anjos falam com ele. "Lúcifer está preso dentro do inferno de cada átomo", deduz. "Tenho medo da nossa religião. Tenho medo de que a bomba seja a última e mais perfeita mercadoria."

Subindo escadas desmoronadas e atravessando antigas janelas, Vladimir alcança a rua. Buracos, asfalto em ruínas: aqui nos arredores a destruição econômica há muito já tem efeito de bomba. Ofegante, olha para os lados com temor, e decide-se a procurar Jéssica.

No gabinete de Jair Johnson

Mas quem liga para Jéssica antes que Vladimir possa encontrá-la é Jair Johnson, que está em seu gabinete. Um assessor entrega-lhe papéis e está de pé, ao lado da escrivaninha.

"É uma má escrivaninha, uma escrivaninha errada, torpe", parece pensar. É ninguém menos que Róbson Sertori, o Estelionatário – ou, ainda, *o homem de muitos recursos*. "É uma escrivaninha crítica", seus lábios dizem, quase mudos.

J.J. cofia os grossos bigodes, em que despontam cerdas descoloridas. Seu olho esquerdo, menor que o direito – mais abatido, torto e talvez mais expressivo – pisca e treme, uma descarga de microchoques. O celular está apoiado entre a orelha e o ombro, e a mão que alisava os bigodes volta a assinar os papéis, entregues em ordem, um a um, por Róbson, o Estelionatário.

No gabinete reina o silêncio – a voz de J.J. e a esfera da caneta quando seca apenas o interrompem. Tudo ali é madeira e tapeçaria. Nos quadros surge um olhar de imperador extraído do campo dos mortos, um senador, brilhante de verniz e velhice. Antes que morressem, os retratos eram pomposos, mas quase agradáveis; agora, de seus ventres largos e do olhar que avança e que certamente não quer se restringir à representação, há um rastro de susto – desenvolveram, como os oprimidos, um temor próprio do longo e forçado silêncio.

Uma bandeira está murcha, escorrendo do pequeno mastro. J.J. assina outro papel, e o secretário Róbson Sertori o remove, substituindo-o. O dia vivo, carnoso, passa pelos painéis da janela e chega amortizado, como se o pó da cidade muito seca houvesse coberto o sol com um *blush* de terra. E o sol e a iluminação nada podem contra os tapetes de umidade histórica, contra esses silenciosos ursos burocráticos. São absorvidos, e desaparecem no tom tumoral das paredes de madeira, dos quadros e dos tapetes hostis.

Jair Johnson troca o celular de orelha. Seu olho vivo e seu olho cansado encaram o mesmo ponto da mesa, e o lançam para dentro do nada. "Jéssica, eu entendo. Mas é você quem precisa entender. Não – não é isso o que estou pedindo – não – pela última vez: eu não estou pedindo." O homem de muitos recursos ajeita o paletó e olha a pasta onde estão assinados os documentos. Faz uma mesura e desaparece. O gabinete de Jair Johnson, tendo apenas sua presença, vibra com a luz refratada pelas paredes e pelos tapetes, uma luz licorosa, âmbar e demente.

"Apenas diga a Vladimir que espere; e que saiba reconhecer, quando surgir o momento; porque o Lázaro que vem é um Lázaro para ele. Vamos arrancar Lázaro de seu descanso, ligar suas pernas, beijar suas ataduras. Diga a Vladimir que, sim, ele verá Lázaro e seu êxtase sonâmbulo; diga a Vladimir que Lázaro existe."

Jéssica na praça Selton Mello

A praça Selton Mello tem algo de selvagem. Suas sibipirunas grandes, de folhas diminutas, assemelham-se a madonas barrocas, tranquilamente atormentadas, ao mesmo tempo saudáveis e exauridas. Suas chagas são feitas por lagartas verdes que não veem o sol forte e a tarde da cidade, vivendo ali cegas, quase submarinas.

A praça Selton Mello está em ruínas: os bancos cinzentos e o calçamento castanho, cujas placas se quebram e abrem bocas, convivem com o mato alto, flores paisagísticas de um violeta envenenado, e suas árvores semi-idiotas produzem bolsões de sombra fria na tarde muito quente. Jéssica está sentada em um de seus bancos. Outro, a sua frente, está arrebentado pela marreta da intempérie, explícitos os seus tendões de treliça em ferro.

Jéssica pensa na vida: em si, em Vladimir, em banalidades, e principalmente naquilo que seu pai acaba de lhe comunicar. Por todos os lados há lixo, variado como a vida: marmitas, sacos de salgadinho, garrafas, copos, pinos farmacêuticos, camisinhas quase secas, com algum esperma ainda vivo e resistente, vibrando, sonhando com uma quimera metade homem, metade nada.

Vindo de trás, o Velho coloca as duas mãos nos olhos de Jéssica e diz: "Adivinhe quem é." Jéssica pula e olha o estranho Velho, cujo sorriso é horroroso, e que se veste com um paletó surrado e mais nada, nu, descalço e despenteado. "Sou eu, Jéssica", ele arremata.

"Você, Velho? O que você quer aqui?"

"Nada", responde o Velho, sentando-se no encosto do banco onde há pouco Jéssica esteve sentada. Seus testículos caem derretidos sobre o frio do cimento, cinzento e granulado. "Vim pedir a sua bênção", continua o Velho, enquanto um menino passa de bicicleta, procurando clientes.

"Seu sem-vergonha! O senhor não se enxerga?"

"Jéssica, Jéssica, você não sabe, ainda? Jair Johnson disse que vai matar Vladimir."

"O que eu tenho com isso?", ela responde, virando-se para duas árvores fascinantes, ásperas, frondosas, que lançam sobre Jéssica e o Velho sua atenção sombria e suas folhas pequenas.

"Eu te dou nojo, meu amor?", o Velho pergunta com cinismo, levantando-se e se aproximando, enquanto a mulher recua.

"Não é isso. Não, não me dá nojo. Mas o que você quer?"

Os pássaros cantam e pardais, camuflados de ruínas, comem as larvas de uma marmita. As sibipirunas devoram o sol entre os prédios, bebem os minérios da terra, entre tubulações e fios, e entregam ao ar da praça o resultado desse banquete: sua mímica engessada, arrancada do céu autista, e seu úmido cheiro de caixão vivo.

"Eu só quero", diz o Velho, aproximando-se mais, "que você se lembre de que eu sempre estive aqui", e então, para o nojo paralisado de Jéssica, se achega e beija um beijo sem dentes em seu pescoço, e ali fica, ventosassugando, como um bebê ou como um verme.

Espirros e relâmpagos

Um espirro é o resultado de um processo. Assim como mucosas esponjosas e vermelhas se irritam e se incham, com milhões de células inconformadas, e essa irritação prossegue em fervor até que o indivíduo alérgico tenha um espasmo neuronal e do espírito, tomando ar, para que enfim espirre e milhares de gotas redondas como planetas sejam expurgadas e flutuem em uma galáxia arbitrária, assim também a cidade inclina sua cabeça e inspira.

O calor extremo sem vento dá a insólita impressão, para quem como Laudemiro Costa olha as árvores imóveis pela janela do ônibus, de que o calor radical primeiro amoleceu, depois congelou todas as coisas. Essa tarde de sol é uma só longa prévia de espirro: a canícula eletrifica as ruas, o calçamento evapora o pouco que tem de água, uma energia azulada e cósmica se excita e se arrepia na superfície do solo – na superfície do calor amarelo a eletricidade azul – e toda a terra se prepara, como uma cabeça que vagarosamente se inclina, para o paroxismo da tempestade de relâmpagos.

Um nada, um pólen arrebentado, toca a rósea mucosa e eis que se dá uma inflamação, um estranho ressentimento da carne.

E ao longe, sobre a cidade, flanqueando o sol e entre a fuligem, surge a cicatriz de um relâmpago. E Laudemiro Costa, em um envergonhado relincho, espirra dentro do ônibus.

Mas quem é Laudemiro Costa?

Laudemiro Costa é terceirizado de uma grande construtora. Daquilo que todos chamam de sua "preguiça" surgem os prédios suburbanos que se multiplicaram na Várzea dos Automóveis. As pessoas que reclamam de sua indolência o fazem comendo à mesa, na sala que ele mesmo criou.

E Laudemiro Costa está descendo do ônibus, entrando no prostíbulo "Dos Caminhoneiros". Conhaque quente e jukebox, luzes estroboscópicas criam uma noite colorida no meio da tarde, com esferas que giram e simulam desmaios lantejoulados nas paredes, no espelho e no pole dance. A pele das mulheres e as roupas dos homens ganham cores e contornos doentes, alucinados, como os das borboletas. Homens gordos, com camiseta da seleção brasileira ou polo, requebram verminosamente, a mão do "arrocha" acoplada à testa, concentrados, produzindo gestos objetivos de que estão pensando e, ao mesmo tempo e exatamente por este motivo, projetando os lábios em um autoindulgente pedido de beijo. O som é elétrico e os graves fazem vibrar as superfícies. Os copos plásticos vazios dançam e caem em coma. As garrafas mexem os duros ombros sobre as mesas e uma senhora cujos rosto, ombros e seios estão repletos de sardas, como se as luzes estroboscópicas paulatinamente a houvessem cauterizado, se senta no colo de Laudemiro e pede uma dose. Ele sabe que é uma armadilha e aceita. Eles brindam o conhaque quente, ela recusa seu beijo e lhe dá o pescoço, e ri para o teto com dentes grandes e azuis.

O nome da mulher é Sofia Loren, e os dois, devidamente apresentados, colam os corpos com suores que se estranham e se acomodam. Laudemiro beija sua axila esquerda, mole e áspera, cinzenta, e sente na boca um misto de conhaque e de sal.

A amiga de Sofia Loren se agarra ao pole dance. Sofia responde a uma pergunta de Laudemiro, cujo nome nunca consegue se lembrar, e diz que está com Jair Johnson, que ele vai cumprir o que prometeu. A amiga gira e agacha, de pernas abertas, e o tendão de sua virilha torna-se visível; sobe devagar e, depois de mais um giro, um de seus peitos escapa do sutiã, e olha desconsolado e hipnótico para os bêbados e para o mundo. Sofia coloca guaraná no conhaque e pede mais uma dose. Laudemiro acata, e lhe diz que está com ela, que essa quente é pelo Jair Johnson. E espirra.

Enquanto a amiga recolhe o seio e vira de costas, mostrando a bunda e algumas espinhas róseas, e dois ou três gordos assoviam, Sofia bebe um longo trago e grita ao ouvido de Laudemiro que ele é um gostoso. Ele bebe, limpa o nariz com as costas da mão, e com a boca tateia entre as sardas até encontrar o mamilo, cinzento como a axila, antigo, circular e ancestral, e fica ali, lambendo e mamando de olhos fechados, e Sofia Loren, sentada em seu colo, dando-lhe de mamar de seu leite sonoro e fosforescente, segura Laurindo Costa pelos cabelos e com uma repentina auréola amarelo e verde na cabeça ri como uma menina.

Doutor Alberto e Esteves-Esteves bebem uísque

O Doutor Alberto Weisselmeister, juiz de paz, está sentado no sofá abaixo de um grande Rembrandt, como se logo acima de sua cabeça a natureza houvesse colocado um sol defeituoso e escuro. À sua frente e se aproximando está o banqueiro Esteves-Esteves. A mão gorducha do juiz segura um copo de uísque maior que sua garra. A luz da tarde entra pelos vidros ainda mastigando o verde paisagístico do jardim de inverno.

"Doutor Alberto, não se esqueça que há um pacto entre a gordura em nosso abdômen e a primeira gordura, que até hoje excita as narinas do Senhor."

O juiz Weisselmeister bebe. O sabor é amargo, forte, o mesmo que sentiu as raízes do carvalho ao arrancar sua vida do subsolo: ele sabe que a bebida foi feita por quem já não vive, e que evaporou em carvalho por oitenta anos – a chamada "parte dos anjos". O banqueiro traz o balde com gelo e pinça um cubo oco. Coloca no uísque e diz: "Você não é um pecuarista."

"Sim, sou", responde o doutor Alberto, e os dois riem até que o riso se torne asma e tosse.

"Doutor Esteves-Esteves, com todo o respeito: eu compreendo. O doutor sabe que preparo tamanha comoção moral que será capaz de quebrar a espinha do país."

O banqueiro assente. Também toma seu uísque e espera a conclusão, olhando com olhos perfurantes seu interlocutor. Que prossegue:

"Esse país de merda entende uma só coisa e essa coisa é a dor de corno. Há um lençol freático de querosene, aqui. Eu já molhei o lenço com esse querosene. Seu cheiro está nos autos. Daqui a pouco o doutor verá que eu tenho razão, e que vivemos em um país de Otelos."

Esteves-Esteves funga e engole uma clara de catarro. Bebe, levanta a cabeça e alerta:

"Tenha a certeza de que seu fio, que o acompanha no labirinto, seja forte o suficiente; que seja mais sólido que a memória. Porque vai ser preciso sair daqui."

"Já estamos acostumados. No centro do país não há nada mais que mais um par de chifres, um diabo, o nelore primordial. O doutor me escute: uma comoção moral que quebre nossa espinha geográfica. O sangue já está escuro. Faz tempo que isso precisa morrer. Pelo pacto entre a nossa gordura e a fome de Deus."

O banqueiro ri protocolarmente e volta à seriedade, encarando o Rembrandt com quase temor. A pele do banqueiro está despedaçando e sua esclerótica aparece. Logo precisará dormir.

"Sim, o doutor tem razão. Eu conto com seus serviços e quero silêncio, veja bem. Quero o silêncio das cerimônias religiosas, quero Deus comendo as palavras antes que saiam da boca."

"Os inquéritos já estão molhados com a gasolina da infidelidade. Garanto: o senhor assistirá a Desdêmona pegando fogo. Os bois do país clamarão pelo sacrifício. Nossa amiga nos ajudará, tenho certeza, de seus gestos nascerão bezerros, nascerão traições fantásticas. Aguarde por Desdêmona em chamas."

Esteves-Esteves pede licença e se ausenta por um instante. Vai ao quarto do filho, que dorme. Tenta não pisar nos soldadinhos de chumbo, que ali têm algo além de um mero brinquedo. Cobre o menino, que treme sob o ar-condicionado. Faz um afago em sua cabeça. Sente, talvez não ternura, mas piedade: acaricia sua cabeça e a orelha esquerda, perturbadora, autônoma, semelhante a uma orelha de gato.

Um programa televisivo à tarde

Na televisão à venda na loja "Loucura Loucura" passa um *reality show*. Duas pessoas magras acompanham a perda de peso de seis pessoas obesas. Pesam-nas uma a uma e lhes informam o quanto perderam, ou ganharam.

Uma mulher cuja obesidade é apontada como nível quatro sobe envergonhada na balança. "Não perdi nada, eu sei", ela se adianta. Seus pés estão nus e parecem indefesos. "Não quero nem ver", ela repete, as duas mãos algo infantis tapando os olhos.

"Abra os olhos", diz o homem vestido em um terno de corte moderno, "abra os olhos, vamos! Você", diz com vagar, o suspense em sustenido, "é incrível... mas você conseguiu perder... exatamente... mil trezentos e quarenta e sete quilos! Sim, mil trezentos e quarenta e sete quilos em quatro semanas! Parabéns! Meus parabéns!" A mulher solta gritinhos e pula na balança, e todos ali estão, ou invejosos, ou felizes.

O Casulo

É preciso descer duzentos metros abaixo da terra para se chegar ao "Casulo". Trata-se de um vastíssimo alojamento de supercomputadores. São milhares, lado a lado, interconectados, enfileirados como estantes em uma biblioteca. Um cemitério anímico, pulsante de energia morta, cujas luzes se acendem e apagam, verdes, azuis, vermelhas, intermitentes, obedecendo a seu próprio pulsar inapreensível. Está frio no Casulo. É sempre frio, um frio controlado, ruidoso. Como aranhas os algoritmos tecem seus fios, com os cliques dos vivos e dos que já se foram. Buscam a perfeição com o denodo típico das máquinas.

Gláucio Sparrow recebe uma notificação em seu celular. No vídeo recomendado, que azula seus olhos gelatinosos, aparecem as imagens em montagem de Vladimir e Jair Johnson. Óculos escuros voam até o rosto de J.J. e surge a pergunta em *off*: "Quem pode salvá-la? Só Jair Johnson é fiel. É só ele quem pode proteger Jéssica do celerado Vladimir". Gláucio ri do vídeo mal feito e clica em outro. E mais um. Os supercomputadores zunem no frio. Um pequeno tremor na série marcial de máquinas e a alma de Gláucio começa a adquirir a cor escura, esverdeada da toxicidade. Seu indicador se mexe e o rosto, cujos lábios caíram e os olhos brilham, secos e avermelhados, é uma iluminada máscara mortuária.

As aranhas no Casulo aliviam o sentimento de culpa de Gláucio, que agora odeia Vladimir: é ele o verdadeiro culpado. *Hard-drives* quentes como um corpo, o terror binário, trabalham sem tempo para descanso nessa fazenda subterrânea. São máquinas que, ao introjetarem o entendimento multiplicativo, carcinogênico do dinheiro, tornam-se demônios: figuras da mais exigente das religiões. E trabalham com um ruído fixo, quase agradável, que é o som da utopia em coma.

Neste exato instante tocam um sem-número de solidões, tocam-nas por dentro, mexem nas carnes, nos músculos, acendem constelações de enzimas e ligam células – em suma, vagam ao mesmo tempo no metafísico, no numérico, e dentro da fisiologia, soltando toxinas financeiras e orquestrando com elas vícios, a terrível fé individual.

Ultraprocessadores enfileirados em seus elegantes *smokings* eletrônicos arrancam a cabeça de alguém em Myanmar e Gláucio sente ferver seu sangue. Os demônios estão a postos e os transístores vibram suas patas trinitárias. Em breve, o dinheiro não precisará mais dos homens. Restarão, apenas, o universo frio, radiativo, e a força cósmica – a grande e degolada cabra da nossa dívida.

Os supercomputadores ronronam e Gláucio Sparrow passa por imagens de gatos, o primeiro lugar comum não inventado pelos homens. E com temor e esperança diz a palavra tabu: "ok google". Um ícone aracnídeo se acende e Gláucio Sparrow sorri.

Peninha e Róbson: um encontro à beira da estrada

Cinco horas da tarde.

Estrada de Vermont-Trincheira Bacaja.

Em uma placa verde, umbigada de tiros, lê-se:

"Bem-vindo a Locusta

População: 7 mil habitantes".

A ferragem do caminhão é sonora como uma caixa de ferramentas que se sacode. Ele desce a ladeira e faz uma curva perigosa, lambendo a faixa contrária, e sua ausência levanta os cabelos de Peninha Trudeau, que conversa no acostamento com Róbson, o homem de muitos recursos. As árvores amazônicas os espreitam, imensas, borrifando um pouco de sua essência no ar.

"Ele não pôde vir?", indaga Peninha, envergonhado pela própria decepção.

"Não", responde Róbson Sertori, vestido de camponês: calças jeans, chinelos de dedo, camiseta por baixo de uma camisa de botões. "Mas eu estou aqui", arremata.

Um motoqueiro sobe a ladeira, carregado com um botijão de gás: um balaio de aço, guardando um pouco da fúria da terra. Pelo capacete apertado como uma enxaqueca, vê os dois conversando à beira da estrada. Agrega ao som das cigarras e macacos o grito de sua motocicleta.

Peninha Trudeau olha o livro que traz debaixo do braço. Toma coragem e pede:

"Será que Jair Johnson poderia, ao menos, escrever a orelha da próxima tiragem?"

Róbson Sertori alcança o livro, cuja capa se alaranja com a terra de seus dedos.

"Eu o levarei", e sorri. "Mas você tem um dever."

"Sim, eu tenho uma amiga. Ela pode arranjar. Vladimir estará lá, no *vernissage*".

As nuvens se metamorfoseiam de ovelhas em lobos, tornando a tarde cinzenta; nesses altos crânios de água, as cedilhas dos relâmpagos brilham, tornam, por um instante, ossificada a atmosfera. O Estelionatário se prepara para ir embora. Virando-se, curioso: "Uma pergunta: você faz isso com a consciência tranquila?"

Peninha Trudeau ri, nervoso.

"Eu não gosto de extremos", é o que encontra como resposta.

Um angelim vermelho de setenta metros tem as folhas eletrificadas, a vida espiando a cozinha energética dos mundos. A água que subiu de suas raízes transpira de seus galhos, e a árvore imensa é recebida entre uma chuva de volts; é um bebê, ali, solitária e biológica entre as negociações dos átomos.

Acima do angelim vermelho, no céu atlântico as nuvens desenham mais relâmpagos, acesos, amarelos, na forma de raízes elétricas.

A marcha dos 32 de Março no bairro de Santa Léquia

Dois pernilongos orbitam o rosto e o braço esquerdo de Vera Luz, amiga e tutora de Peninha Trudeau. O primeiro dos pernilongos busca uma falha geológica entre a nuca e a cartilagem da orelha, onde há três pintas inexplicáveis e o furacão estável de uma mecha; o segundo é atraído à pele escura do cotovelo, coriácea, e ao contrário de seu amigo, consegue o que procura.

Vera Luz está no jardim e vê passar a falange dos 32 de Março. São jovens que nada dizem, apenas marcham. Seu aspecto petulante e militar, e o fato de que são brancos, dizem tudo. Ou melhor, talvez a sincronia de sua marcha seja ainda mais expressiva.

Marcham sobre a rua de paralelepípedos do bairro chique, com pretensões artísticas, repleto de casas e sobrados de cem anos cujo nome é Santa Léquia. Vera fuma, lê um livro e toma café. Olha perplexa aqueles garotos e pensa que são perturbadores, como o é o livro que lê agora. "Hitler era vegetariano", pensa Vera Luz enquanto seu cigarro queima, esculpindo a si mesmo em cinzas sobre o cinzeiro. "Um traço de delicadeza pode ser uma fresta para se ver o horror", e tenta ver nos meninos algo que os distinguisse individualmente.

"Vou escrever sobre essa marcha para o jornal", decide, enquanto vai à sala em busca do computador e, estando ali, resolve dar uma olhada na filha, que deve estar estudando no quarto. A empregada doméstica, Lélia Silva Raia, passa pela patroa, atarefada, mas com um dedo em riste à frente da boca: a menina dorme.

Mas quando Vera entra no quarto, consegue apenas perceber os dois pés da filha, deitada na cama: sujos, marrons, cinzas, alaranjados, a sujeira com o formato curvilíneo de uma abóbora, em que despontam grãos com um quê de metálico, cintilantes.

"Levanta, Cecília. Levanta, vamos", e lhe dá dois tapinhas nas solas dos pés. "Se não vai estudar, vai tomar um banho, pelo menos. Ou vai querer dormir assim, suja, que nem uma bandeirante?" A menina resmunga e gira o corpo em um só pulo de bruços, afundando o rosto no travesseiro. "Manhê!" Vera Luz fica parada, olhando a garota. Seu orgulho dá lugar à apreensão quando se lembra da marcha. Lá fora ouvem-se os sons de sirenes policiais. Ela coça o cotovelo. Volta, chega à cozinha e comunica à empregada, Lélia: "Deixa a menina dormir. Quando ela acordar, leva um leite pra ela." A empregada assente, e volta ao ferro de passar roupa, que chia e resfolega em vapor. Os quadros nas paredes seculares do bairro de Santa Léquia aos poucos, imperceptivelmente, desbotam, perdem o sentido. Um pernilongo de ventre tinto descansa a um canto, no vértice de uma moldura, como uma assinatura viva.

Natanael Droga catando recicláveis

Natanael Droga é carroceiro na Várzea dos Automóveis. Seguem-no seus sete cães, uma vibrante sociedade colorida. Carrega os papelões pardos que encobriram televisores de plasma, óleo de soja, molhos de tomate e outras das mais díspares mercadorias. Estão dobrados como portas divisórias, e ainda lembram, pelas marcas que lhes deixaram, as fitas adesivas e seus gritos, quando enclausuraram os produtos assustadores porque perfeitamente idênticos. Aglomerados assim, esses derivados de papel pesam uma tonelada.

O sol irá se pôr. Nas ruas, as luzes vermelhas acendem e se esparramam sebosas feito pomada, nuvens de insetos pairam giratórias sobre o bueiro e em um delírio genético-religioso aleluias se espatifam nas moedas dos faróis; o ar seco produz um crepúsculo econômico, sem tintas, apenas um degradê sob a clave de um pálido laranja, e a poluição na Várzea dos Automóveis engole o sol como se fora um planalto acima da linha do horizonte, porém pardo, trêmulo, como um esfumado papelão cuja envergadura é o mundo, amordaçado por fitas. Uma estrela surge órfã e prematura, uma incisão prateada na noite quente como um órgão.

Os cães de Natanael Droga atravessam a rua e irritam os motoristas; o cacofônico buzinaço assusta alguns e estimula outros, e os latidos entram como um disfuncional quarteto de cordas. O carroceiro costuma evitar que o vejam como perturbador da ordem – mas não agora. Para e entope a faixa à direita. Desrosqueia a romã de corote, bebe e sente coragem, alegria e nutrição. Vê que os edifícios recortam o céu com a disciplinada simetria comportada dos caixões, e o sol se dissolve como uma aspirina no escuro. Um sol lento, como que puxado à força, por tração humana.

Natanael D. ajusta o retrovisor de sua carroça; pega as barras de direção com as axilas e os braços e caminha – os cães logo o seguem. Passam entre automóveis e motocicletas, entre lixeiras entupidas que são logo vasculhadas e sentem o calor do asfalto subindo, feito serpentes moleculares saindo do cesto da terra. Alguns motoristas riem ou buzinam para os dizeres: "CoNO EZTo DiR[o R ao contrário] IJINDO", as letras arrancadas uma a uma e embaralhadas do doloroso saco da infância. E então Natanael Droga vê a placa, a imagem do homem de bigodes finos, as mãos postas em oração e com muita dificuldade lê que se trata da missa campal.

"Vou na missa", diz a si mesmo. E então interpela o cachorro: "Há quanto tempo não vamos na missa?" Revista sua carroça em busca de uma camisa de botão e a encontra, satisfeito.

"Essa é uma boa noite", diz, em voz alta, a todos os seus cachorros. "O Deus vivo, o Deus de carne. O Deus que não dorme. Uma boa noite."

O engenho, a capela e o casarão

Um engenho, uma capela e um casarão: a antiga propriedade dos Erasmos estaria abandonada não fosse a presença do Velho, que espera a chuva passar – chuva que é a ruptura de um denso abcesso de calor, cujas gotas são grossas feito salsichas.

O mato cresce em redor das palmeiras imperiais que se espalham em sentinela à frente do casarão. Seus troncos cinzentos, anelídeos e asfálticos, têm um quê também de ruína; o sabiá-laranjeira troca de turno com morcegos em um ninho entre as vigotas, sob as telhas, sentindo vibrar um coração dentro dos ovos; a formiga vermelha limpa as antenas, como um gato, e mexe as mandíbulas para senti-las mexendo. Há muita vida no casarão, graças ao abandono. O Velho se aproxima da parede, onde vê a elegante fileira de formigas que sobem absolutamente verticais, e acaricia as pedras. "Você está de parabéns, minha filha", diz, sorrindo maliciosamente. Olha a casa e a percebe solene, estátua tombada: uma árvore arrebentou o teto e parasitas e bromélias sugam da sua umidade, mas ela permanece hierática, um São Francisco de Assis paralisado, em cujas virilhas crescessem plantas afásicas e frias. Dos corredores, janelões, do alto pé-direito, do assoalho corroído por cupins emana um sopro violento, de oração masculina, feito um museu vagamente perigoso.

A chuva para. O Velho vai pulando feito criança entre mato e poças d'água. São saltos leves, elásticos, de amarelinha, e seus ossos batem, raspam uns contra os outros e rangem, florescem inflamações. Ele chega ao engenho e estaca. Está ainda mais abandonado que a casa-grande. Não lhe resta nada, nem a roda do moinho, nem o madeiramento. Por força de um envelhecimento ainda mais alcalino desapareceu quase por completo, restando somente muros de pedras, e a sugestão de um telhado cujas telhas houvessem se dispersado pelo mundo, feito pássaros depois de um tiro. O Velho faz um L com dedão e indicador, com ambas as mãos, e enquadra o engenho; com um duplo estalido de saliva e de língua nos dentes molares, tira a fotografia imaginária.

Vai à capela, onde ainda há madeiramento e a cobertura está falha em diversos pontos e vazada. Essa mistura de umidade, alguma luz solar, calor e, talvez, comoção por parte de seus próprios fantasmas havia convertido a igreja em uma estufa ou herbanário, respeitando, de modo sobrenatural, algo de sua fé: a gabirobarama sobe próximo onde antes estivera o altar e replica em seu corpo os espinhos que coroavam a cabeça de um Cristo de lenha; a aroeira ainda em arbusto saíra do solo para entregar suas uvas vermelhas, suas hóstias venenosas; o boldo murcho e soturno não ousa encarar o mato imberbe que, subindo a seu lado, rouba-lhe o sol e o sentencia à morte; um mutre em plena floração atrai uma infinidade de abelhas jataí, sem ferrão, que lhe zunem em redor enquanto longe o galo canta. O Velho, ofegante, segura os dois joelhos. Ergue-se e então, com um riso senil, bate palmas, que são seguidas pelas palmas dos pombos voando e pela silenciosa fuga de um lagarto. "O Pai, o Filho e o Espírito-santo", ele se persigna, e sai.

O Velho olha o crepúsculo que se aproxima, vê o rastro de sangue do sol, rasgado nas costelas, e percorre com as vistas os campos imensos, delimitados – lá longe os prédios e a cidade. A cidade e os campos replicam a seu modo, talvez pela comoção de seus próprios fantasmas, ditando de dentro dos túmulos, a Paixão do sol, seu sangue, a Roma entediada pela tortura e pela retórica. E o Velho desce após o fim da chuva – o Velho cínico – para a Várzea dos Automóveis.

Nizete Rubens espera pela hora de ir à Escola de Jovens e Adultos

Nizete Rubens – empregada, faxineira, lavadeira, copeira, pedagoga, cozinheira, psicóloga, camareira e ama-seca da família Esteves-Esteves – espera seu marido: ninguém mais ninguém menos que Laudemiro Costa, agora bêbado no prostíbulo. Por um instante ela se ocupa com sua ausência, mas logo devaneia[2].

Sobre a mesa há um copo âmbar de café, anuviado pela fumaça: o café que evapora dança, em contraste com a seriedade imóvel do que fica para trás, do que ainda é líquido – na superfície, bolhas minúsculas se multiplicam e estouram. O caderno sobre a mesa tem dois atores, dois jovens, em jaqueta de couro e vestido de bolinhas: se encaram com alguma promessa de beijo ou de violência doméstica. Formigas ludistas entram pela carcaça traseira da TV e, na tela desligada, o sol fatiado pela janela basculante e a pequena sala do apartamento se resumem em

---

[2] "O Deus dos Exércitos empurra seu povo pelo deserto e guia nas costas do céu um arco-íris de puro sal; abre-se uma fenda entre a natureza e a natureza, uma clivagem que rasga o mundo e faz um pequeno corte de papel no coração das crianças; um vale, um corredor, com a infinitude típica dos túmulos, corredores, corredores como genitálias no meio do mar, enquanto vemos sem misericórdia que nesses cemitérios em laços entesouramos os nossos inimigos; eles oscilam, suspensos, verdes como alienígenas pela náusea de haverem sido sonhados, ligados como pirâmides entre o deserto e as estrelas; passamos, o Deus dos Exércitos nos guia (pelo destino) entre as enzimas, desviando da colorida dissolução – para encontrar a nossa casa. Passaremos ainda pelas pragas, pelas chuvas de manganês sobre as nossas crianças, sob o signo da deficiência intelectual, pela bauxita, pelo minério que arrancado da úlcera da terra envia formigas aos músculos, às hastes dos tendões; passaremos pelo ouro puro, virgem de impostos, que prende bananeiras e galos a uma calcinada lua crescente; por quarenta anos intermináveis morreremos sem descanso, fugindo, até que a fuga produza a nossa casa. Ouvimos os demônios monetários que chupam a carne humana dia após dia, como um picolé que se empalidece a cada sucção e deixa ver seus sonoros favos de gelo; passamos pela provação da nossa fé, bezerros de ácido, pelas tábuas da desregulamentação financeira, por teogramas quase árcades do sucesso, e eis-nos aqui: no apartamento B13, Bloco 4, saciados por um maná de sódio, um banquete de alimentos ultraprocessados, isopor; quarenta anos sem água, passando pelas portas das lojas e sentindo o hálito frio de um oásis, convidando-nos ao processo de revista imaterial dos totens detectores de roubo, espelhos nos ângulos em que a utopia converge com a vigilância - onde está o Deus, de cuja força emanam as montanhas e os contratos? Que os próximos quarenta anos de deserto não extirpem Canaã dos nossos sonhos."

um fotograma ao mesmo tempo encolhido e inchado, trombótico, um cinzento aneurisma de luz.

Nizete Rubens deixa para trás seu devaneio e toma o último trago do café. Pega o caderno, em cuja capa há o adesivo "Nizete Rubens Noturno ENCEEJA", e vai à rua. O caderno muito bem cuidado e preenchido de caligrafia redonda, de tintas esferográficas coloridas e cheirosas – entalhado por dentro, como se por um deus que lhe desenhasse entranhas – é sua chave para a terra prometida.

Peninha Trudeau observa a árvore e envia um e-mail

Uma árvore imensa, um sete-copas asqueroso mexe suas patas verdes, dedilhando o vento, cega, como um verde buquê de lombrigas; é uma árvore viva, má, idiota e plural; moureja no escuro, prateada pela lâmpada de um poste mais baixo que ela, cujos fios se perdem em seus ramos. Peninha Trudeau a olha pela janela, faz um esgar de nojo e abre a aba de documentos em seu computador.

"Não se trata de escolher um lado. A boa opinião, assim como o bom jornalismo, demanda a centralidade, o uso da razão que culmina nas difíceis porém imprescindíveis decisões democráticas." Peninha toma um copo de água e sorri. A árvore balança, gigante e bêbada.

"E qualquer bom democrata sabe ser garantida a presença de Vladimir no *vernissage* de Vera Luz. Desnecessária, no entanto, tal crença em seus bons costumes: segundo fontes de nosso jornal, figuras próximas de Vladimir confirmam seu interesse em participar daquele que já é denominado, nos melhores círculos, de o 'evento artístico da década'."

Peninha segue "bababi bababá, bababi bababá" e altera uma palavra, que se repetia no parágrafo anterior. Altera também "perseguido" por "procurado". Prossegue:

"'Mas ele não teria interesse em participar da missa campal?', indagam outros, incautos. Pois este é o dilema. Sim, uma escolha muito difícil para o procurado Vladimir. Mas seu histórico respeito pelas artes e pela figura de Vera Luz – em que pese seu recente distanciamento – atestam para o que confirmam nossas fontes: ele virá, e saberá fazer do *vernissage* um evento magnífico. Afinal, não será o *vernissage* quem perderia com sua ausência, e sim ele, uma falta na fotografia que marcará para sempre a década. Uma aproximação entre extremos, a boa e serena mesa de negociação que só a arte desinteressada pode nos oferecer. O povo da Várzea dos Automóveis aguarda com impaciência o regresso de Vladimir e os mais recentes anúncios da Arte, sim, com A maiúsculo. Que a igreja espere – ela é eterna e pode fazê-lo – embora sabendo que isso será, para Vladimir, uma escolha muito difícil."

Peninha Trudeau beija as pontas de seus dedos. Vê a árvore, prateada, lunar, morder os arreios dos postes, babar clorofila e frutos, ofertar aos morcegos um losango de vinho.

Um SMS desgovernado alcança Vladimir

"Desconfie. Ele quer que você acredite em Lázaro. Em Lázaro, o especial."

A consciência da cidade

Os pássaros e os carros, a cor do ar, as canções, a história e os formatos das folhas das árvores da região educam os moradores da Várzea dos Automóveis com tenacidade, persistência, repetindo-se e convencendo as consciências de sua necessidade. E produz tais consciências a partir do modelo oblongo da folha do tatuí-açu; a partir das sugestões trepidantes do calçamento em pé-de-moleque, das plantas do cerrado que parecem explicar por sua forma como são as mortes em seu quadrante da terra. E as consciências são capazes de tomar a forma de cães, de propagandas, de humilhações. Mas também das caixas de marimbondo sob marquises, bonitas como planetas, em casas cujas placas de "aluga-se" há o desconforto de uma solidão sistêmica; as inteligências vão se desenvolvendo no corpo todo em dobras, em articulações ósseas sem as quais não seriam permitidos a caridade e o dolo, e por fim coroam as cabeças como tiaras; tomam formas como as dos peixes, irisados, múltiplos, em uma só escama de prata que é aliança com o silêncio e com a fuga, uma diáspora tão longa que se torna pele (uma lente de contato para a invisibilidade); sob o céu de azul úmido, entre ruas com nomes de coronéis e de dominicanos, no calor que torna as pessoas insolentes pelos hábitos, barbas (delgadas, na fronteira do meramente simbólico) e rabos-de-cavalo jorrando feito fontes. Pelo perfume do jasmim-manga são temperadas as consciências, e também pelos bois, que pastam as bordas da cidade, foragidos de um pesadelo. E na Várzea dos Automóveis veem-se homens gordos, de seios suaves e trêmulos sobre motos de 125 cilindradas, homens com o orgulho deprimido de Budas, fazendo slalom nas valetas; vê-se uma mulher de cabelos pintados de loiro sentada no ponto das vans, sutiã preto sob blusinha branca, a reencarnação descontextualizada e impotente de uma revolucionária, libertadora de povos; no bairro das Cruzes o caminhão de lixo passando, lento, digestivo, com seus piratas pendurados e gritando, meias de cores diferentes, toucas improvisadas, agasalhos amarrados fazendo as vezes de capa, delirantes e subversivos pelo odor; um casal de crianças de calcinha e cuecas varrendo o quintal – o rodo e a vassoura imensos em suas mãos são símbolos de poder e de desequilíbrio – escorregando nos pisos molhados, barrigudos, chorando e rindo enquanto mascam chupetas; a vendedora de capinhas de celular mascando chicletes, olhando fixo há um minuto um ponto da praça em que nada acontece; chapeiros, senhorias viúvas, mototaxistas, doentes terminais e recém-nascidos passeando nas sombras entrelaçadas da igreja matriz e dos jambos-vermelhos: toda essa prensa de consciências que é a Várzea dos Automóveis não atinge o doutor Alberto Weisselmeister, cujos estudos, desde criança, tiveram como finalidade não a inteligência, mas a substituição da quente e úmida prensa da cidade por uma prensa fixa, regular e climatizada, como um feijão a crescer sem um só traço de terra, em algodão molhado no copo plástico, para produzir apenas feijões viçosos e imaginários. Na verdade, o doutor Alberto emprega homens em redor de seu carro (motorista, frentistas, lavadores, mecânicos, vendedores) e mulheres e homens em redor de sua casa (vendedoras, doceiras, cozinheiras, empregadas domésticas, babás, entregadores e jardineiros), mas nutre por todos uma tênue repulsa, uma membrana de ódio que proíbe que penetrem sua consciência e que, no entanto, é muitas vezes quase doce, um ódio prazeroso, que o exalta aos próprios olhos, suave, paternal. Seu desprezo, digamos – ou seu ódio sereno e inativo, porque não provocado – o torna imune ao clamor do solo por consciência. Mas, acima do morro, o gado do empresário, pecuarista e juiz Weisselmeister se mistura ao perfume do jasmim, às pedras e já faz força para penetrar no nome de uma rua ainda não batizada.

A mãe do casal de crianças ordena que engulam o choro e as ameaça com a chegada da polícia. E então para por um instante, acende um cigarro e olha o morro, os pastos nas franjas da Várzea dos Automóveis, as duas corcovas verdes da paisagem. E, depois de cumprimentar com o sorriso forçado o motoqueiro conhecido que passa, volta a olhar os morros. E sente a força da gastrite recente, aliada a um ódio que lhe sobe aos poucos, vago, tênue. Como a raiz da sibipiruna que quebra o calçamento a seus pés, a dez metros da árvore, a mulher intui que a imensa fazenda nos dois morros gêmeos é responsável, feito raízes, pelos portões eletrônicos em sua rua e pelas paredes impenetráveis – por seu muro pintado com o número 22 e o texto "Guga Weisselmeister – diga não a Vladimir!"

Mas, logo abaixo do texto, sob o pé da mulher que fuma apoiada ao muro, a pichação: "Menos fazenda, mais sítio". E assim prossegue se entrelaçando a consciência da Várzea dos Automóveis.

Parte II

O PRIMEIRO SELO: VÃO ROMPENDO-SE OS LAÇOS ENTRE AS PALAVRAS.

QUIROGA

No Boteku's

"Queridão! Garçom! Aqui! Por favor, faz uns quarenta minutos que eu pedi um *petit gateau* e não chegou ainda."

"Pode deixar que eu vou ver pro senhor."

"O outro garçom deve ter esquecido."

"Vou ver pro senhor."

"Quem tá cuidando da mesa 7?"

"Não sei."

"Hein? Mesa 7?"

"Acho que é o Flavinho."

"Ó, assim não vai dar não! Eu já tô me pelando pra cuidar da seção da 28, olha lá."

"Eu tô na 15."

Plim. Plim plim plim.

"O croquete tá esfriando. O bolinho aqui tá frio."

"Assim não dá não. Ó, o Flavinho não 'tá dando conta, não tem como. Eu já tô que não tô aguentando."

"O que que tá acontecendo aqui?"

Silêncio.

"Nada. Correria."

"Tem uma porção de bolinho aqui que tá fria."

"Ó, não quero falar nada não. Mas o Flavinho hoje não tá dando conta não."

"Deixa que eu vejo isso. De hoje ele não passa."

A lua no céu quebra seu domo de vidro e, imensa, influi nas águas, uiva e açoita o oceano com o couro da gravidade. O eixo da Terra se inclina, um grau em direção à lua, como um noivo.

"Senhor – aqui o seu *petit gateau.* Desculpe pelo atraso."

O prédio de Ruhr-Alb-Bahrein

No mais alto edifício do mundo, cujos alicerces estão soltos no abismo e raspam o corpo de feras ainda informes, envoltas em profunda água, no último andar, aberto ao céu e exposto ao níveo contato das criaturas celestes, está Selênio Horner, o sábio de Ruhr-Alb-Bahrein. Sempre solitário, sempre bêbado, assiste à noite e ao neon de Ruhr-Alb-Bahrein, em frente à piscina de borda infinita.

"A única invenção mítica de nossos tempos são os filmes de ação – Sansão plenamente realizado. Exércitos tombam à esquerda e à direita em nome da redução dos impostos, as pernas do povo quebradas, o gesso das estátuas e de Davi transposto ao fêmur vivo, ao fêmur maleável. Quebrado o juízo em nome de uma só mandíbula (o asno e seu mata-burros psíquico), colunas, a cervical dos olhos estala e interrompe os nossos passos. Silêncio. Tocamos os cabelos crespos, os olhos vazios de Sansão. Tocamos o morno dragão do sonho e seguramos as lágrimas. Acariciamos o rosto vazio de Sansão, sua paz castrada, o azeite triste de seus músculos, e vamos ao seu ouvido e sussurramos nomes, lhe pedimos mortes. Beijamos a orelha esquerda de Sansão, de lóbulo cortado, o rosto hebraico com forte tendência à doença congênita dos sonhos e da profecia, os olhos jônicos, vazios, abertos à escuridão interior. Sob uma noite em que as estrelas renunciaram, lhe sussurramos ao ouvido a morte de sua família e colocamos em sua mão a arma de fogo, a cruz automática. Ouvimo-lo suspirar. Um frêmito de justiça sobe da culatra ao sonho. Jó sem Deus, convertido à religião dos traficantes de armas. Sansão cuja eternidade está na morte, levanta, ruma para teu rancho violento, derruba um a um os anjos inimigos e faz tua a luz e tua a tua justiça. Rompe os freios da manhã e desperta gritando, em nome da arma magnífica, corta a barriga das velhas religiões coletivas e vê caírem os anjos podres, os teoremas de ontem, constipados, os caldeirões em que fervem sóis acima de nós, a sopa em que nasceu o nosso riso. Tua mão toca o trigo e tua sensibilidade está fardada, a vingança arrasta a lua pela noite e a afoga em um balde, em teu último quintal. Quebra o fêmur das duas colunas, convoca teus homens-bomba, suásticas com um quê de engrenagem e flor, procura todas as cicatrizes e as reabra a ponta de faca, feito portais. A cicatriz é o princípio. A única orientação que resta. Abra aqui, diz o alto relevo da dor e do passado, um abril de carne."

A noite é alaranjada e translúcida, vulcânica. Selênio Horner de Ruhr-Alb-Bahrein ergue seu copo e bebe um longo trago. Ri, maníaco, e olha a tela do computador, onde há gráficos, números e siglas. Volta à carga, encarando o céu quase vermelho, a noite inflamada do deserto:

"Vem, Sansão, que aliciamos o mundo para recebê-lo. Saiba que Deus hoje dorme ao som das tuas metralhadoras, seu santo, padroeiro da iniciativa privada, martirizado pela mangueira de alta pressão. Levanta, Sansão, e faz um eclipse com as tuas mãos. Que você nos puna a todos, e assim nos salve."

A palestra motivacional de Róbson Sertori

"Eu sei de onde vocês vêm."

Róbson Sertori, o Estelionatário, anda de um lado a outro no palco da grande loja de departamentos.

"Vocês são imortais."

Ele balança o microfone, o faz girar entre as palmas; dá passos escandidos e prossegue:

"Vocês ganharam um nome. Mas quem lhes deu o nome pode tirá-lo. Vocês viveriam sem um nome?"

O Estelionatário, contra seu hábito, dá três pulos parado – "uhuuu" – agacha, concentra-se e leva o microfone aos lábios, tornando a voz poderosa e sussurrada:

"Querem saber como se faz? Como se petrifica um mundo que gira? Eu olho para vocês. Vejam bem, eu olho para vocês. Seu pescoço bate, pulsa com sangue. Vocês funcionam."

Ainda agachado, encara a multidão e vai pulando, de olhos em olhos, até encontrar a próxima frase:

"Se eu sumir, vocês perdem sua função. Compreendem? Eu sou a causa."

Estouram fogos e luzes piscam. Róbson Sertori caminha e saltita no palco, faz o microfone girar como um laço e seu bigode, aos poucos, começa a tornar-se familiar. Róbson Sertori pisa em uma formiga colocada no palco por terceiros e alguém, na loja imensa, é imediatamente petrificado. Ele continua, após a ensimesmada microfonia, o diabo do som em *looping*:

"Conheço teu desenho. Sei quem é. Conheço a ideia que te concebeu. Então digo exclusivamente a vocês. Um segredinho, meu, do meu círculo, que agora compartilho com as pessoas especiais que estão aqui hoje."

Faz-se silêncio, entrecortado de assobios e juras de amor. No telão, imagens de Róbson Sertori e crianças.

"Que venha o fogo de Deus e que venha o dilúvio. É isso o que gostaria de dizer a vocês: Deus tornou-se impotente ou então fundiu-se em nós. Nos ameaça e vemos oportunidades de negócios. O segredo é que a água está furiosa e, no entanto, vocês sobreviverão. A loja de departamentos é a Arca. Levantem as carteiras de trabalho. Aí está, nesse passaporte azul, por qual valor vocês foram vendidos. E quem poderia comprá-los senão Ele, a primeira pessoa jurídica? Ou Deus tornou-se impotente, ou então foi devorado. Levanta o livro azul. Para o próximo dilúvio, que será seco, aí estará inscrita a tua salvação."

Americana Bastos conhece o deserto

Americana Bastos caminha entre as dunas do deserto. Seus passos afundam na áspera areia, que o vento carrega e solta com luxo. Onde alcança o olho há apenas variações dessa mesma areia: brônzea e dourada.

O sol inclemente torna o céu mais azul, absorto, cortante e anônimo, como o azul nos olhos de um burocrata.

O vento esculpe sombras e equipa a areia de formas: curvas por todos os lados, morros, vales, seios, saboneteiras, umbigos, elevações ligeiras e declives, nucas: a sétima vértebra se desfazendo em um arrepio de ar. É a sensual esterilidade das dunas. Estão marcadas em meia-lua feito marcas de cascos.

Americana vê uma grande fortaleza. Vê guardiões com lanças que tocam o céu. Vê torres cujas pedras de safira reluzem como a gelatinosa superfície do oceano. Vê o áspero sino da torre principal, o portão elevado já há muito sem traços de verniz. Uma pulsação na fortaleza a torna viva, cardíaca.

Aproxima-se um beduíno que lhe toca o ombro. "Não se preocupe. Eles estão ali para sempre", e sorri, e sua barba se desfaz em areia. "Um dragão colore os sonhos dos homens da fortaleza", e seus dentes desaparecem. E as unhas, e então os dedos e os ossos dos dedos, e uma duna escapa da existência para dentro do nada, em um só voluptuoso movimento de quadris e glitter. A fortaleza cresce. Surgem por todos os lados cruzes, estrelas, luas e sóis. A fortaleza, a flor de cádmio do deserto, brilha com um quê de sal entre as montanhas temporárias. A voz humana e suas escalas estão em cada pedra, em cada torre e nas órbitas escuras e sem janelas. Um prato de luz se derrama de seus grossos ossos e de sua porta fechada. Americana Bastos caminha ainda um pouco, em sua direção, descrente, chorando no entanto entre os dedos da mão.

"O temporal aqui não aparece, não ocorre – mas está dentro e é parte das coisas", ouve Americana, por berrantes vindos da fortaleza. "Ouça essa chuva raivosa, sem membros", conclui o berrante, esgarçando o céu e expondo na via Crucis do sol a solitária estrela de São Simão. Americana Bastos fecha os olhos e as areias migram, velozes, esfoliando a fortaleza e seus severos espíritos. Os blocos de pedra alcançam o céu com sua mensagem e, quando chega ao sol, o brilho de seu trabalho já se esvaiu em um jaspe e em sombra. Um Deus sem carnes faísca no chão de areia, instável. As horas que foram degoladas desde o princípio dos tempos balem novamente, os véus do deserto vão caindo um a um e restam a fortaleza, nossa voz e o timbre de nossa colônia de ossos. O berrante toca uma última vez. Americana Bastos cospe a areia que quer torná-la deserto. Vê e ouve. Discorda do sol e diz, para o Deus de cálcio que reluz no céu azul:

"A ilusão falha".

Sorri. E um de seus dentes desaparece, e penetra no sono das correntezas de vento.

Júnior e a rêverie das máquinas

Dos seis pré-adolescentes na sala, cinco mexem no celular. Apenas Júnior, filho de Esteves-Esteves, olha bestificado a parede da casa enquanto seu sorvete derrete lentamente.

A vitrola toca. É parte do sistema de som de seu pai. A música preenche o ambiente e cria espectros holográficos – alguém incorpóreo parece percorrer a sala com um chocalho também ausente nas mãos, e uma voz morna canta em algum lugar atrás de suas nucas versos a serem repetidos indefinidamente.

Os meninos sorriem e prosseguem absortos. É incômodo olhá-los como é incômodo olhar Júnior, parado, inconsciente para o sorvete e para uma ferida no cotovelo, que sangra sem lhe chamar a atenção. Apesar de não transbordar à sala, nos seis meninos há algo semelhante ao contentamento. A agulha da vitrola oscila com um êxtase monótono, senoidal.

A agulha vibra e envia suas informações ao pré-amplificador. O pré-amplificador é exclusivo da família Esteves-Esteves. Feito de carne, músculos e fibras, composto por nervos entrelaçados e latejantes, irrigado por um complexo sistema arterial, venoso e capilar, o aparelho pulsa com as frequências das vibrações sonoras, antes captadas pelo toca-discos. Tais vibrações, em microvolts, passam por *clusters* de músculos e massa óssea, são interrompidas por microdentes perfeitamente posicionados para cortes e sedimentações da energia, ao modo de capacitores vivos. O resultado é um som límpido, realista, que chega ao amplificador e é de pronto distribuído às caixas de som. Seus pequenos ossos auriculares são perfeitos e imitam as bigornas, martelos, estribos em séries sucessivas de purificação sonora.

Júnior lambe o sorvete e divaga. Sabe que deveria chamar seu pai, cujo interesse no aparelho e no que agora lhe ocorre foi diversas vezes anunciado. Seus amigos, contudo, não veem a mosca que se aproxima, que sobrevoa, que chama suas companheiras, em busca das partes que já apodrecem e ameaçam morrer no aparelho High End.

A prisão de Semíramis e Lísias

Semíramis e Lísias vivem em prisão domiciliar. Semíramis ajeita a toalha no varal, na lavanderia do apartamento: suas pontas devem se manter à mesma altura, simétricas. Lísias ajeita os chinelos ao lado da cama e os deixa em ordem. Como todos os dias, vão ambos de mãos dadas à sacada, observar o poente.

"Eu mesmo irei matá-lo", diz Lísias, respirando com tal ansiedade que não consegue encher os pulmões.

Semíramis aponta a tornozeleira eletrônica:

"Como? Deixa de bobagem, querido. Aliás, ouvi dizer que Americana está chegando."

Estão sentados em espreguiçadeiras de vime, olhando o céu[3].

Debatem, logo se acalmam. Semíramis tenta trazê-lo de volta à razão:

"As pessoas não precisam de nós para morrer. Tenha paciência. Nada é mais homicida que a paciência, que a esperança. Temos o sábio, temos Americana. Eles saberão melhor do que nós o que fazer. Deixe-o", conclui, e beberica do copo de água flavorizada.

Lísias, gordo, rubicundo como o poente, dá-se o prazer de discordar:

"Minha querida. Tenho esse direito – você me conhece. Envelheço – tenho esse direito. Sinto que envelheço e isso me justifica. Quero portanto um ato perfeito, equilibrado. Um ato entre simples e assombroso – eu vou matá-lo. Um ato", ele sorri, e uma resinosa saliva lhe dança

[3] Quando o sol desistiu e afundou sua célula nas cidades mais a oeste, a Várzea dos Automóveis reluziu - uma última e persistente vez, feito louças em um incêndio. Os rios e os prédios brancos, o asfalto, as pessoas e principalmente os vidros e as superfícies metálicas - uma placa verde escrita ao contrário na vidraça de uma guarita - ganharam tonalidades pastéis, cor de perfume, vibraram com uma anemia apaixonada e sucumbiram - ora à escuridão, ora à luz abobalhada e sorridente das lâmpadas. Mas vinte e quatro horas por dia, em algum lugar oblíquo, a parte festiva do sol passa arrastando um poente interminável - que se iniciou com a Criação e terminará no Apocalipse - uma celebração rosácea, revelando as mucosas das nuvens e hematomas exuberantes, porque libertos dos corpos. Um carnaval que começa nas primeiras agonias e desliza para sempre a contrapelo na nuca do planeta, arrepiando as criaturas para que a noite não chegue sem a devida recepção. Furam-se os olhos do dia, e um presente perpétuo explode de um suculento globo de pânico.

entre dentes, "um ato perfeitamente equilibrado, quase contrário à gravidade, uma espantosa *slackline* entre a ignorância e a má-fé. Os pássaros nos fios não estão equilibrados; fazem força, tensionam os músculos: estão se equilibrando. É isso, isso o que quero. Não espero a chegada de ninguém. E se eu agir agora, estarei preparando sua vinda. Sim. Vou matá-lo."

Semíramis gargalha e Lísias não se surpreende. Fazê-la rir também o diverte. Eles suspiram, olham o resto de sol vermelho. Suas tornozeleiras piscam, intermitentes, em ritmos desencontrados e então se sincronizam.

Por fim, Lísias pensa que, assim como o seu, todos os pensamentos deveriam ser obrigados a alterar a realidade. E ajeita suas sandálias no chão, para que fiquem simétricas: como um dilacerado tegumento que o liga aos motores do mundo.

Wagner Pelúcia encontra Jéssica

Quatro tipos de olhar – as quatro formas do asco: repulsa, fingida indiferença, invisibilidade e timidez compassiva, um ajustar de lentes que nunca acerta o foco – fizeram com que Wagner Pelúcia abandonasse a Várzea dos Automóveis para viver como andarilho em seus arredores. Por vezes, regressava. Os cabelos encaracolados úmidos de chuva, em que se colavam caspas como estrelas, o andar exausto, recebia de volta os mesmos olhares e então gradualmente se distanciava, era empurrado, e regressava vagando às franjas da cidade.

Agora é um desses momentos em que certa força magnética atrai W. Pelúcia aos bares da avenida-rodovia, na qual caminhões gemem, sacolejam e soltam flatos ao passar pelas tediosas lombadas. W. Pelúcia para no bar apenas para pedir uma pinga. O copo americano, embaçado, contém aquilo que o homem fez, quando tentou imitar a água; ele o vira em um só gole. A cana-de-açúcar, o sofrimento ligado em série nos circuitos do engenho, oscila nos campos verdes. Por mãos químicas, sintéticas, sente que lhe é anunciada a bem-aventurança. De imediato os olhares do dono do bar e do gari sentado no escuro não o ofendem. Sai para a calçada e sente na cara o vento da cidade e o tépido ar que sai dos caminhões, em redondos íncubos de gás.

Passa por um chapa, por uma prostituta e sente que são anjos recentes, caídos há pouco das axilas de Deus. Vira a esquina. Encontra Jéssica, ainda sentada na praça Selton Mello.

Ela o olha sem paixão e ele se aproxima. Determinado, corajoso, lhe dirige a palavra:

"Senhora. Eu vi aqui nessa cidade um rio que foi morto. Não passe perto do rio que foi morto."

"Qual o nome desse rio que você viu?"

Wagner Pelúcia se senta a seu lado. Agora ambos olham juntos um mesmo horizonte.

"Ele tem árvores em volta de árvores e uma árvore está enforcada em seu pescoço. E prédios. As árvores e os prédios estão inclinados sobre ele. Estão olhando sua agonia, ao lado do homem machucado."

Fazem silêncio por um instante. W. Pelúcia prossegue:

"Não passe perto do rio que morreu. O rio não volta, mas o homem ali está vivo. As luzes dos prédios brilham sobre a água escura. As árvores soltam frutos que, quando caem ali, caem. E caem, e continuam caindo sem que ninguém veja. Nem aquele que trocou seus olhos por olhos novos, frescos."

Jéssica não sabe se indaga a sério ou irônica:

"Mas é perigoso? O que acontece com esse rio?"

"Não passe perto do rio", ele replica. Levanta-se. Olha o sol tonsurado em chamas, o flutuante crânio de nossa galáxia, e segue, sem olhar para trás.

O Imenso recebe uma visita

O Imenso está sentado em sua sala, enfiado na escrivaninha cujo pequeno selo metálico, patrimonial, prova ter sido um dia roubada de uma instituição pública. A luz amarela e nefrítica é um sintoma da escuridão. O Imenso sonha de olhos fechados. Os restos empilhados de máquinas atrás e em redor como que lhe saem da cabeça. O esguio corpo dos escapamentos, catalisadores, carburadores delicados feito caixas de música, velas, molas, embreagens ainda pulsando de enigmática transitividade, como um tradutor de rosto queimado, acumulam-se-lhe sobre os ombros e compartilham com ele de uma estranha cumplicidade, gênios fugidos de suas lâmpadas e, portanto, sem mais fugas para desejar, também sem desejos próprios, órfãos de si mesmos. O Imenso sonha pedaços de automóveis, que o sonham de volta. Os pelos em sua barriga endurecida, molhados pelo suor, deitam-se todos para o mesmo lado; pelos que lhe cresceram na carne como agulhas invertidas, causando-lhe prazer, por uma tênue e no entanto firme memória pré-histórica – como o imemorial subterrâneo dos mares, em que algas e pólipos dançam desde o começo do mundo – se enroscam nos peitos e formam, sob a luz de tungstênio, um estranho par perfeito com os restos das máquinas. O Imenso acaricia a barriga, ainda de olhos fechados, satisfeito, no cinzeiro uma dúzia de bitucas de pescoço quebrado.

Um ruído, contudo, o desperta. Ouve tacões de sapatos caros, que param para se limparem ásperos à entrada. Abre os olhos. O odor do escritório sofre um choque, um choque floral: não o cheiro adocicado que se espera, mas o perfume da maioria das flores, decepcionante, grosseiramente vegetal. O visitante surge, melado de sombras. Seu rosto não é visível, apenas seu terno e o brilho estanhado nos olhos. O Imenso sorri. O visitante sorri de volta. Por um instante, os odores de plantas e de óleo mineral lutam em todas as quinas, avançam, cabeceiam: as peças rugem suas promessas de combustão, mostram seus dentes podres de ferrugem, as serpentes coloridas dos chicotes de fios silvam e nada mais; o perfume que escapa do terno expande-se rapidamente, enfia ervas entre os ouvidos das peças arrepiadas e colore seus hidrocarbonetos com o seco cheiro de espinhos; um resto de gasolina tenta estufar o peito mas não passa além da capa fixa da fumaça de cigarros, e então o cheiro do escritório se torna um odor de raízes novas, de caules frescos, respiratórios, em que cresce uma fina pelugem. O Imenso fala:

"Eu não o esperava."

O cheiro de plantas então sucumbe ao cheiro de pólvora. Uma pequena incisão faz com que os olhos e as mãos do Imenso esqueçam o corpo todo e se concentrem em um ínfimo círculo. Uma agulhada, um quase nada – que provoca, no entanto, uma dor muito maior que a dor física: faz desabrochar uma dor especulativa, imensa, uma dúvida de proporções exageradas e fatais, e então uma certeza que é ainda maior que a vida, que o mundo, uma certeza desesperada que toca as fronteiras porosas da realidade (como se fosse arrastado de costas da soleira às varandas do Absoluto). Os olhos do Imenso estão abertos, tomados por essa certeza que, superficialmente, como que por hábito, tem a aparência da incredulidade. Um fio negro mina de sua barriga, abaixo do seio esquerdo; uma fonte, brotando vida escura, espessa, que o Imenso tenta tapar e lhe escorre fina pelos dedos, determinada, como se finalmente houvesse encontrado o que buscava e, agora, nada a pudesse parar. A gordura no seio do Imenso treme. O Imenso olha novamente o visitante e seu corpo todo vibra um "por quê?" desconsolado. Seu queixo é tomado por furos, sua boca despenca, as lágrimas enchem-se nas pálpebras e brilham seus olhos. Está visivelmente retrocedendo à juventude, à indignação, à infância e, agora, já é um grande recém-nascido: as palavras já não existem dentro dele, vazaram pela fresta que procuravam em direção à luz de tungstênio, confundindo uma nuvem de insetos, e resta um corpo que se fecha em posição fetal, atarraxado, no entanto, à escrivaninha. E, então, já não é mais. O visitante guarda a arma, limpa-se com um lenço branco e se retira. Deixa para trás um corpo e seu próprio cheiro, uma intrincada flor de pólvora. O Imenso encontrará Deus de olhos abertos. Agora, porém, como os escapamentos e amortecedores, é uma máquina arrancada de uma máquina maior – quebrada, incompleta. Sem desejos próprios e, contudo, à espera.

Redemoinho no campo de soja

O sol se põe também nas plantações em redor da Várzea dos Automóveis, onde quatro caminhonetes chegam levantando o pó da estrada de chão. Da maior delas desce PC MCIntyre, largo, grande, embrulhado em camisa dentro de calças jeans justas como um bombom. Ele ajeita as calças, o sol encontra espaço debaixo de seu chapéu para se pôr também nas lentes de seus óculos escuros. Das outras caminhonetes saem Célio, o capataz, e mais meia dúzia de peões. À ordem do patrão, descarregam tambores de gasolina das caçambas.

"Limpem o pasto. Olhem bem o vento, que eu não quero fogo na minha soja. Pra lá", e aponta com o dedo em riste, "e deem fim naquela mata, que semana que vem ela já estará catequizada por meus bois. Presta atenção, Joviano! Lá! Olha bem o vento!"

Com efeito, o vento não é desprezível. Quente como uma ressaca, o ar segue em correnteza e parece prever que será reencarnado na forma do fogo: sempre a oeste, no entanto se rebela e se encaracola em uma voragem; a terra vermelha é arrancada do solo e sobe em uma rotativa e cilíndrica serpente, forma um balão de quadrinhos cuja linguagem é o céu reticente, anoitecido; os peões olham esse vaso violento, esse íncubo de pó, e se admiram. O saci, o trauma do ar, o incêndio invertido e sem chama os deixa atônitos por um instante, enquanto o torvelinho sobe mais e se engrossa – mas PC MCIntyre faz um sinal para Célio, que os exorta de volta ao trabalho. Veem apenas com o canto do olho o demônio da terra roxa urrar em silvos, o pescoço articulado, sinuoso, egípcio, dissipando-se em uma silenciosa explosão de pó. E carregam os tambores de gasolina, narcotizados por seu aroma crispado e hexagonal.

PC MCIntyre dá tapas ocos no capô da caminhonete e diz enraivecido, de si para si:

"Meu gado e minha soja. Minha soja. Um milhão de bagos, em cada um desses bagos uma tríade de olhos. São os colhões dourados da terra e suas raízes são chicotes, 'para que pela marca de seus chicotes sejais curados'. Arrancam da água mole como um corpo de pássaro a luz, o grão, a proteína escura. Proteico, dicotiledônio apocalipse; porcos e peixes integrados em um mesmo milagre; meu latifúndio de pérolas excretoras de areia demanda o fogo; vejo o tempo se avizinhando e o filho de Deus sentado ao lado direito do deserto, acariciando a face das *commodities*, e eis que a voz da soja ordenha de mim seu fogo. Areia viva, a pedra angular em grãos – não há quem possa pará-la. Tudo estará seco, porque o dilúvio mora em mim e eu o contenho. Obrigado, Senhor", diz, retirando os óculos e limpando os olhos umedecidos, "obrigado, Senhor, por minha soja, por sua transgenética misericórdia."

Célio caminha até o palheiro, carregando o címbalo de uma caixa de fósforos.

Vladimir é observado

Vladimir foge e adentra a zona rural. Desvia-se da estrada carreadora e entra em uma trilha. O sol é pesado. O colonião é alto, verde em um buquê de palha. Passa por restos de oferendas e já se coça pelo contato com o matagal. De repente, árvores. Urubus descansam, febris, descontentes, nos galhos duros da farinha-seca. O céu de azul tornassol está arrepiado até a cerviz, e nuvens abrem suas bocas elétricas e comendo desaparecem.

O mato hipertrofiado de chuva e de verde descomunal dá lugar ao verde escuro das árvores de folhas largas. Mosquitos mercadejam no ar e os pássaros e cigarras traficam sons biológicos. Um pardal, uma metrópole de pulgas, olha Vladimir e sua cabeça se torce em surpresa. Coça a própria axila com o bico e voa, agora ciente de que Vladimir existe.

O ar torna-se mais úmido. É um outro cômodo do mundo, mais musgoso, seleto e apartado, fosfórico, herborrágico. Surge um rancho em ruínas. Tapumes, telhas quebradas, uma varanda abandonada, visitada por moscas grandes de colares esmeralda, cujas almas foram forjadas em fôrmas circulares. Tambores vazios com cheiro de bromo e uma canoa furada, vazada, rendada pela ferrugem.

Jair Johnson pode vê-lo da outra margem. Separa-os um rio pastoso e escuro como doce-de-leite. Acompanha seu inimigo de binóculos e se irrita com cada um de seus movimentos. Vladimir se senta no que um dia foi um jirau e olha o rio, as árvores enjoadas à margem, até que percebe algo a seu lado. Do farfalhar das folhas surge um vulto – um homem, nu da cintura para cima, recoberto de feridas, e que há muito tempo é ciente de que Vladimir existe.

O rato na casa de Lélia Silva Raia e a morte do mensageiro

Lélia Silva Raia, empregada à residência de Vera Luz, passou uma semana procurando o rato que assombrava sua casa. Quando descansava do trabalho, tinha o hábito de tomar café e fumar sentada às janelas: a do fundo, que dava para um talude e, lá embaixo, para a cidade motorizada e a avenida de dez faixas sempre movimentada; e a da frente, quando via os comércios modorrentos, salões de cabeleireiros e mercearias, espremidos entre os fios elétricos e os sobrados e embaixo o matagal e o lixo de cujo torniquete escapava um fio viscoso de água (durante as cheias, ele incha e de sua metástase surge toda espécie de invenções, de geladeiras a gavetas a esquadrias, a plástico, garrafas, camas que a água desmonta a cada passo, portas cujas dobradiças desparafusa e cujas maçanetas abre).

Lélia Raia percorre sua casa efervescente de filhos, como um ruidoso ninho de corruíras, com passos sonolentos, tocando as paredes de tijolos baianos e gritando ordens pelo caminho. O copo de café esfria à janela, cuja pintura é verde de tinta e de tempo. O café esfria à janela que dá para a avenida. A luz o atravessa e passando por seu prisma negro produz o vinho, o castanho, toda a irisada paleta das grandes árvores – imbuia, mogno e pau-brasil. Já não há força no café para projetar serpentes de fumaça, seu cheiroso olho castanho se fecha, as bolhas à superfície estouram como ovas ocas e desaparecem. A avenida distante e seu movimento de carros e motos são coados pelo prisma, em uma bola natalina de madeira e café.

Há uma semana Lélia Raia e família lutam contra o rato. "Ali, ali", e um dedo fugaz aponta para o nada, como quando nos contam de assombrações. "Mãe, o rato!", diz uma menina, comovida por tê-lo visto, como se presenciasse a concretização de uma lenda. "Vai pra lá, vocês", e surge uma vassoura, agora ao mesmo tempo arma e instrumento de limpeza. Alguém grita; a esse segue-se outro, e outro. "Tia, mata ele, tia", e uma criança corre, um vizinho põe a cara na janela, uma menina com outra menina no colo escapole para a rua. Alguém avista o camundongo – convertido a todos em gigante que, quando desaparece, torna-se onipresente – e dá o sinal renovado de alarme. Todos se voltam coreografados para a mesma parede. As portas do armário são abertas, por pontas de dedos, e a cada gaveta puxada para trás alguém salta também recuando. "Ali! Sai, Simone!" Um menino deixa cair a chupeta e chora para o céu, como Jó implorando a Deus alívio para um castigo que não compreende. E então, depois de dez minutos de alerta máximo, os ânimos vão esmorecendo, as atenções murcham, alguém comenta sobre uma pipa vista da janela e já se percebe que o mundo criado pelo rato tem um furo, e que a realidade exterior vai penetrando, retomando seus espaços, escorregando e correndo como o camundongo para trás do armário, entre os buracos dos tijolos, até tomar a forma geométrica e difícil que recobre o sanfonado sifão da pia. Então ninguém mais se lembra do rato senão com humor, um cutuca o outro, e se acusam de covardia e se defendem: "Você se cagou de medo do Mickey". Lélia Raia os deixa por um instante, vai até a janela, constata que o café está frio, e esquece. O rato, para ela, e durante toda essa semana, continuará sendo uma presença. Sabe que prosseguirá sendo atormentada mais uma vez por aquilo que é, ao mesmo tempo, real e invisível. E um café novo é despejado no copo americano, que se torna opaco pelo vapor. Na próxima janela em que surgir o rato, em que se tornar concreto o invisível, haverá novamente luta; mas a cada vez, um pouco mais coordenada, hábil, com derrotas provisórias que farão por vezes a família voltar-se um membro contra o outro, até que o rato morto, envolto em um cesto de papel jornal, vá navegando pelo córrego inchado e chegue ele mesmo inchado e devoluto à cidade dos egípcios, de onde veio.

O Judiciário e a formiga

A formiga anda determinada e torta como alguém que levou um tiro, pelos túneis e entre o cheiroso cofre da terra, desviando de um céu de raízes, de relâmpagos lentos. Sai à excruciante luz solar e vaga pelos destroços da terra varrida, amontoados de folhas e pedrisco até alcançar a sandália de um colosso, a unha empenada e maravilhosamente amarela do juiz doutor Alberto Weisselmeister que ao sentir uma cócega móvel e sêxtupla a esmaga com o outro pé.

"Expedido mandado de prisão de Vladimir", ele envia pelo aplicativo de mensagem ao procurador. Em seguida: "Vamos partir tb p cima de Gessica", ao que recebe prontamente: "É melhor não melindrá-la. Estou pensando em J.J." "OK", responde o colosso. Que olha a entrada da sauna, após a piscina; e mastigando seu poroso *petit four* passa os olhos pelos grandes cornos à saída do jardim, os cornos do touro: duas luas ossificadas, apontando o céu, furando e atravessando o tomo das próprias formas – chifres mais agudos que si mesmos, mais poderosos que cabeças. Quando no momento oportuno forem recolhidos os brinquedos quebrados da Criação, o Cálcio, platônico, olhará com assombro suas duas luas cônicas, encardidas, os favos desse estranho excesso material da inteligência crescendo no ar, simétrico como uma ideia – caninos, formas fracassadas de se alcançar o Cálcio definitivo, o Cálcio em si.

Outra formiga atravessa o frio corredor de relâmpagos tuberosos e alcança a luz, a terra, os fungos respirando feito pólipos nas unhas do doutor Alberto Weisselmeister, e é esmagada por uma decisão cutânea, quase impensada, uma decisão instintiva do poder Judiciário.

Semíramis e Lísias visitam os Kaiowá

Os cunhados do banqueiro Esteves-Esteves, Lísias e Semíramis, desistem da espera por Americana Bastos. Têm pressa e não se contentam com promessas. Acatados seus recursos, saem da prisão domiciliar e já estão em plena aldeia Kaiowá. Seus funcionários distribuem brinquedos, roupas e computadores. Os dois são despenteados pelo helicóptero e seguram os cabelos, as duas mãos na cabeça, o gesto com algo de superficialmente trágico.

Os Kaiowá estão pintados para a dança da guerra. O casal os acha pitorescos. Os rapazes correndo agachados do helicóptero ao pátio tiram fotos para uma importante revista. Um sol ósseo e flamejante varre os seres para as sombras e borda, com o dedal das glândulas, gotas de suor nos corpos.

As faces de Semíramis e Lísias estão deformadas. Não somente pelo calor e pela luz, que com sua fina agulha de osso cerze um olho e puxa para cima um dos cantos da boca; não pelos curumins que sem prevenção os cercam; não exatamente pelo odor de pau-d'alho, que dá às amplitudes celestes acima do pátio o cheiro de tendões, do selvagem calor de juntas. Buscando o rosto das divindades, em perseguição de ideais vagos, intangíveis, o casal enfrentou a faca lendária do lendário Doutor Vermeer. Passaram ambos por sessões com algo de ritualístico, o jazz anódino das salas de espera com sua função hipnótica, os atendimentos com polidez ensaiada, os arroubos de honestidade médica também ensaiados, as delimitações em linhas tracejadas a canetão no rosto, como uma lousa vazia. Uma versão amadora, um avatar lembrando videogames com seu "eu" futuro na tela do computador, a transferência do valor na conta bancária dos Vermeer, tudo isso se repetiu até que pouco a pouco se tornassem bonecos, com assombrosos rostos de marionete. Agora, estão ali, entre os indígenas, com suas maçãs do rosto salientes, seus lábios perpetuamente inflamados, mascarados para sempre. Seus sorrisos galvanizados repuxam uma covinha, apenas uma, deslocada para próximo da mandíbula, fazendo com que somente os dois rostos juntos tenham algo que se poderia chamar aproximadamente de simetria. Desenhada em laboratório, essa chamada "gelasina" foi inspirada em uma covinha infantil; seu resultado, no entanto, sugere uma estranha forma de mortalidade plástica. Suas faces estão repletas dessas marcas que não foram feitas pelo tempo e que no entanto o acentuam. Essas bocas futuristas sorriem para o povo Kaiowá.

O cacique recebe e autoriza os brinquedos de plástico, os computadores e as roupas de um elastano quase facial, como se de agora em diante fossem se vestir com as crias daquelas duas máscaras. Um repórter anota as falas de Semíramis; um fotógrafo enquadra o aperto de mão. O cacique Juhé Kaiowá sorri por um instante, o aliviado porém torto sorriso do constrangimento; Lísias sorri e toda a dor ancestral que inventou o sorriso volta a ser apenas eletricidade pura, nevrálgica e explícita. As placas e fiações do sacrifício estão expostas, com algo de *hard-drive* e de pedra. A fotografia, que estará on-line ainda hoje, em um complô com o rosto o naturaliza. É visível apenas, e real, a expressão de resignada estafa do líder dos Kaiowá.

A máquina fotográfica deforma a realidade em redor e transforma a aldeia em uma maquete feia e feliz; pisca, no entanto, para o rosto-duplo do Janus Semíramis e Lísias, de onde parecem prestes a sair do casulo um milhão de hospedeiros, de máquinas fotográficas invertidas, transcendentais.

Jair Johnson vê Vladimir pelo rifle

Jair Johnson, com um penteado idiota, prepara seu rifle. A figura minimizada de Vladimir, feito um boneco, aparece dentro do círculo; uma cruz de precisão riscada na lente tenta crucificá-lo; boia e afunda, no entanto, pela imperícia de J.J. Uma miniatura de Vladimir conversa com uma miniatura do Ferido; gesticulam. Jair Johnson coça o bigode e volta a olhá-los. Trava os maxilares, trava dentes contra dentes até que principiem a ranger; seu lábio superior esquerdo sobe e se tensiona, e aparece a casa arredondada de um canino; depois morde o lábio inferior e funga, resfolega pelo nariz. E então ouve alguém, que pigarreia no barraco.

Ele se vira. O Velho está ali, de pé, braços cruzados.

"Os verdadeiros campos do mundo ainda não começaram a ser arados, meu filho", ele diz a um Jair Johnson desconcertado.

Não consegue falar. Ainda não é capaz.

"Você não limpou os dentes de seu último prato. Tenha vergonha na cara e se recomponha."

Jair Johnson coloca o rifle no chão. Uma nuvem passando a mil pés torna o barraco confuso, arranca de uma só vez um pedaço da panturrilha da luz. Jair Johnson olha o Velho. Olha seus pés: são as unhas selvagens da história. Suas canelas têm veias espessas, dúcteis, como verdes elásticos cirúrgicos – serpentes felizes, enroscadas em uma taça de veneno; suas canelas são finas e fortes; os pelos lhe sobem aqui e ali, falhos porém enérgicos; as pernas terminam e começam nas geoides do tornozelo e do joelho, desproporcionais e visivelmente nervuradas, como folhas. Veste sunga azul e nada mais, senão óculos escuros que o fazem parecer cego. "Esses dedos são permanentes", pensa Jair Johnson. "São dedos permanentes."

O Velho se adianta e pega o rifle. Vira-o de um lado a outro, analítico.

"O que você está fazendo?", pergunta a um recomposto Jair Johnson, que já alisa os bigodes.

"Nada. Andando por aí."

O Velho dá uma gargalhada. E subitamente para.

"Você viu meu servo Vladimir?"

"Vi", responde J.J., "e gostaria de ter autorização para matá-lo."

"Você pode matá-lo. Sim. Sim, eu o autorizo."

Jair Johnson baixa os olhos, um pedaço de salsinha nos dentes corrompe seu sorriso.

"Mas não poderá matá-lo com suas mãos."

O dos bigodes quer confrontá-lo. Sons que param em sua garganta parecem protestar. O Velho se adianta. Abraça sua cabeça, alisa o penteado idiota. Quando já se sente melhor, J.J. tenta erguer-se – é impossível. O Velho segura sua cabeça. Direciona-a às canelas e suas veias equinas, ao tornozelo, aos dedos do pé.

"São dedos permanentes", diz Jair Johnson, quase entre lágrimas.

O escritório de Manoela Bopp Molina

Lá fora, antúrios sem imaginação murcham, fedendo como ostras. Cimento sobre cimento e madeiras em ripas envernizadas, paredões de vidro, postes retrô. Dentro, imersa em um origami de sombras pelas venezianas, está Manoela Bopp Molina, proprietária do jornal "A manhã". Vítima de um imemorial AVC, tem o lado esquerdo do corpo paralisado. Sua mão direita autoriza a publicação do texto de Peninha Trudeau. Em seguida, a mesma mão passeia sobre o seio; desentranha das roupas uma medalha. Leva-a aos lábios para um beijo parcial.

As telas do computador, do tablet e do telefone estão acesas, feito velas frias.

Arrasta a cadeira e levanta-se em um passo dificultoso. Encara o quadro, limpa o pó com a palma da mão. Paralisado por inteiro, um rosto de homem, comprido, imenso, descontente. Mãos enormes, uma encobrindo envergonhada a outra, parecem pastar assustadas o papel de um bloco de notas.

Por um instante os olhos de Manoela Bopp Molina acompanham a imagem, olhos úmidos, amarelos, passeiam das mãos ao paletó, ao rosto encarando a máquina fotográfica. Seus olhos se fixam; os nervos óticos em tremor, os moles globos (um parcialmente cerrado pela pálpebra, e ainda mais aceso) chupando com dificuldade o sangue rosa-crustáceo das mucosas inferiores. O grande rosto permanece impassível. Sério, muito sério, a expressão de um animal que há tanto tempo sem comer já não é capaz de sentir fome. Com um quê de um economista em transe, o homem olha através de Manoela Bopp Molina. Por um momento, é ela quem não existe.

E então ela se adianta e abre o quadro como uma porta: atrás está o cofre. Digita um punhado de números que lhe são caros. Abre-se o cofre. Sua mão direita tateia no escuro e pega, ao fundo, o maço de cigarros.

Com dificuldade, volta à escrivaninha. Olha as luzes do celular, do tablet e do computador, que se abrem no escuro como livros cor de relâmpago. Com o isqueiro, acende o fogo. Os móveis, o quadro, as louças se acomodam com um guincho, resmungam, aspiram longamente a fumaça do tabaco; temem a família Molina, o medalhão com a imagem que lhe fecha o corpo, ainda que pela metade.

Jéssica pensa na vida

"Querem me fazer acreditar. Apesar de tudo, é verdade."

Assim pensa Jéssica, sentada no banco da praça. Acaba de ler o caderno cultural do jornal "A Manhã", de Manoela Bopp Molina. Por um instante, suspende todas suas decisões.

"Cada uma de nossas ações é decisiva. Não as ações em si, mas aquilo em que resultam. Lemos perplexos uma história em que, no auge de uma revolução, alguém, ou algum grupo, trai aquilo que seria o bem maior. Temos por certo: aquela revolução seria um momento decisivo da história. Sentimos no nosso paladar que hoje somos mais infelizes, no exato momento de ler essa narrativa, do que deveríamos ser – não houvesse a revolução sido traída. Merecemos uma felicidade cujo vazio quase podemos tocar, ao erguer nossa cabeça do livro, e levamos a palma da mão ao rosto postiço em incrédulo assombro. Sabemos que somos mais felizes naquela versão posta para fora da história. Somos tomados pela consciência repentina de que não somos nós mesmos – de que somos nosso duplo. O menos feliz de nós é aquele que, agora, lê. É uma pena – dizemos. Aquele braço de rio seco em que a história deveria ter corrido, fertilizando as imaginações, tendo hoje pássaros novos, está presente conosco agora e tomou a forma inconveniente de uma dor – apenas uma dor, um sinal de alerta da história latejando em nossa testa, na parte mais dura e exterior de nosso espírito. Nosso eu verdadeiro está lá, represado naquele livro, sem poder sair, aprisionado como um gênio em uma frágil lâmpada de papel, acorrentado justamente na encruzilhada da libertação. Que triste vontade de dormir para sempre! A revolução suspensa e o feto de nossa verdade enforcado pelo cordão que o alimenta doeram muito, e muita morte provocaram. Se lá nossos antepassados gritaram Não!, hoje gritamos Por quê! E esse nosso porquê é tão somente a metamorfose daquele grito – passados tantos anos, tantas dores e tanto hábito.

"Queremos dormir e sonhar que vivemos naquele vale fecundo. Mas essa é a maior traição – foi com alguma motivação semelhante porém irônica que aquele remoto personagem traiu o ramo hoje seco da história. Quando imaginamos esse nosso eu verdadeiro, de que somos sombra, também imaginamos a comunidade perfeita e a exata harmonia, como os diamantes superpostos que o sol projeta quando tem pretensões sônicas em sua luz. As imagens que dançam em nossas pálpebras fechadas são o que restou de uma festa de ninfas – estão reduzidas a pixels fugitivos, caracteres atarraxados a cores quase eletrônicas. A maior prova de que traímos a história é não conseguirmos imaginá-la. Chamamos a esterilidade de perfeição. Foram pensamentos pragmáticos que nos traíram então, são idealismos de imaginação degenerada que nos traem hoje. Se soubermos com firmeza que lutamos contra a morte, contra o horror, não nos daremos o mau luxo de imaginarmos errado. Se soubermos que a morte se fantasia com seu estêncil colorido e que poucas vezes põe seu crânio cru contra a luz, seremos mais fiéis ao que nos consterna nos livros de história.

"Sérios, alegres, iremos a força de braço reflorestar os livros; tomar a empreitada de onde parou e derrubar o conservatório onde se musica a nossa derrota.

"Porém, a vida hoje é a vida do traidor. Habituados aos padrões de nossas cartilhas, hoje mesmo – mais um dia em que os galos rouquejam no flácido tambor da terra – renegamos a nossa fé. Do micropalco de nossas casas, reencenamos a história da revolução. Nossas ações são urgentes, como são urgentes os nossos pensamentos. Estamos lá, na encruzilhada ainda – a história não conseguiu passar. O que chamamos de história é sua interrupção, mas a roda da fortuna está travada ali, os deuses estão congelados sob o vocativo de Joaquim Silvério dos Reis; o tempo está represado com o imenso sino de Canudos; e se hoje estamos céticos, irônicos, desesperadamente cômicos, profusamente imaginários, é porque vivemos fora do tempo – quando abortamos nossa revolução, deixamos o universo órfão, um céu só equações. E nos tornamos incapazes de imaginar o verdadeiro tempo e a verdadeira história porque nós mesmos nos tornamos imaginários, e tal hábito é apenas a consequência abusiva da traição: está sempre confuso aquele que está sendo traído. O real foi abortado pelo pragmatismo, porém está lá, como que à espera. É o real, e não a imaginação, o que precisa ser recuperado.

"Se nosso cotidiano fosse registrado em um livro de história seríamos apenas mais uma versão tardia daquela mesma revolução abortada.

Não foi o ímpeto juvenil, ou o idealismo, o que negamos todo dia. É um eu real, que ainda não chegou a nascer; que está preso nas granulações tartáricas do papel e deve de lá ser arrancado. Enquanto isso, somos o judeu errante em busca da religião do nosso último corpo. Será preciso ainda nos confundir com nosso inimigo. Limpar certas certezas de nossa pele, e que são imaginárias, a segurança com que dizemos: foi ele! foi ele quem nos traiu! E saber que, como hoje, nós estávamos lá. Quem sabe não fomos nós a coletar as trinta moedas, a contá-las, com as quais hoje estudamos e refinamos nossa inteligência? De todo modo, não será preciso estar muito certa. Sei que não sou eu mesma. Tenho a certeza de que hoje, em alguma rua da Várzea dos Automóveis, o livro de história está aberto na página essencial. Eu estou lá. É apenas um simulacro essa que se crê com tanta razão, tão moralmente superior, e que julgo ser eu. Vou me utilizar de suas pernas, de suas roupas e de seu rosto para chegar até mim, e arrebentar o cofre que me contém. Aos poucos, vou me lembrando. A prova de que a caminhada já começou é que agora já consigo compreender esse fato terrível: foi muito mais fácil do que parece trair a revolução. Não foi preciso dias dentro de um quarto, dúvidas, indagações. É o real, no mundo, o verdadeiramente difícil. O resto é simples, austeridade e fantasia, uma quermesse de ternos e de sandálias. O silêncio e a dúvida cosmética de Adão.

"Como ensinar, quando o tempo sequer está em curso? Confessemos. Assim, nos desfazendo um pouco, voltamos página a página do livro de que escapamos.

"O jornal tem razão. Vladimir nunca precisou de mim, Jair Johnson não me compreende. Estou só, e é isso, talvez, o que me torna má.

"Hoje, porém, sei: se quiser encontrar-me, minha mão terá que entrar nas feridas que ainda estão abertas nos corpos dos mortos."

Parte III

SEGUNDO SELO: ARCOS DESMORONAM EM ARCOS, GENERAIS GRITAM PARA O SOL.

Natanael Droga descansa no barraco

As pessoas acordam, trabalham e morrem na ritualística Várzea dos Automóveis. É noite. Após entregar a carga de papelão na Santos Ambiental, em que se lia "Compra e venda de sucata ferrosa e não ferrosa em geral" no toldo de vinil, azulado de chuva, Natanael Droga chega em casa e estaciona a carroça no fundo do barracão. Os sete cães ajeitam-se pela carroça como leitões em redor de uma porca de madeira.

Sob a luz branca da geladeira, três garrafas pet sem rótulo e cheias de água rolam, ombreiam-se umas nas outras com o balanço pesado de coisas possuídas pela água – como canoas, como homens; três vidros de pimenta se entrechocam, com algo despropositado de sinetas natalinas, e salvo pela panela tampada logo abaixo, o refrigerador tem um voluntarioso aspecto farmacêutico: as pimentas cumarim, malagueta e dedo de moça ora descoradas como ovas em formol, ora processadas e vivas, o brilhante sangue do fogo envasado no pote de maionese; as garrafas feito cilindros, algo astronáuticas, transparência sob transparência; e aberta a tampa do freezer, a geladeira em potência máxima projetando uma cascata de gelo-seco, para desvendar, por trás dessa névoa hipotérmica, um hipertrofiado abdômen de plástico e de gelo, a forminha vermelha.

Natanael Droga enche de água um copo de alumínio. Torce a forminha e joga na água dois gomos de gelo, que se revoltam, se trincam e embranquecem, enquanto o metal do copo se eriça de frio. Natanael D. ouve a música vinda do bar, uma briga distante, cães, grilos, motos e por baixo uma noite musculosa e sem linguagem, como um titã. Ele torce a cartela de medicamentos e coloca na palma dois comprimidos, dois botões de giz. Sua careta, imediatamente antes de engoli-los, é terrível: a mão à frente do rosto, a cabeça inclinada, olhos abertos e a língua para fora, com a seriedade religiosa imposta pela pílula, seu farmacológico sacramento.

Põe a panela sobre o fogão. Toma cachaça e vai à rua, os cães o acompanham. "Amanhã não tem papelão", diz, ao ver as nuvens densas e iscarióticas que se formam e ocultam a lua e as estrelas. "Amanhã não tem papelão. Mas tem lata e tem a missa". Distrai-se com o movimento da rua, olha o bar de canto de olho, encara novamente a noite.

Os músculos se acomodam em dor, vibram. O sistema nervoso que liga as glândulas-estrelas toca com seus capilares as nuvens; os receptores sensoriais, no entanto, estão anestesiados, e o hipotálamo, a semente não-germinativa dentro do sol, ignora a noite dos músculos. No céu, vagueiam massas de dor refrigerada. A lombar respira, amarrada em arame-farpado. A seringa de um avião rasga lentamente o analgésico silêncio.

E então, após uma série de contrações, o ronco prolongado e trêmulo de 20 Herz, ouvido dentro da carne, como uma página engolida do Antigo Testamento.

Vera Luz escreve sua coluna

O Dr. Alberto Weisselmeister, para evitar pagar roaming internacional, desliga o telefone.

Vera Luz vai à varanda, onde gosta de trabalhar; serve-se café.

A luz solar que cai nas ruas do bairro de Santa Léquia não é religiosa: falta-lhe haver passado por anteparos, ser filtrada por árvores, tornar-se potável. Sua casa, contudo, está protegida dessa luz crua. É úmida como um pulmão, fresca como um filtro de barro; desenhos de fungo ocasionalmente são limpos a vinagre, pintados a tinta impermeável, quando descarados vêm beber dessa casa com trejeitos de fonte. Em sua interminável diáspora os esporos saem do cemitério, na Foz dos Automóveis, atravessam o Saara das ruas e atraídos pelo perfume mineral da casa de Vera Luz os que sobrevivem instalam-se, logo formando colônias pequenas, porém prósperas. Então, da alvenaria brotam dia a dia rostos há muito tempo mortos, pensativos, encarando o vazio bidimensional de seu novo universo, e Vera Luz pede a Lélia Silva Raia que esfregue as paredes. Com vinagre, com bicarbonato de sódio, lysoform e escova Lélia S. Raia arranca os pincéis das mãos desse Michelangelo imaterial e apaga os esboços. Em dois meses, tenazes, surgem rostos novos, um nariz, um olho. Vera Luz não pode ocupar-se deles: tem trabalho a fazer. Não deixa de sentir um ódio velado ao passar pelas paredes mais atacadas, aquelas cabeças tarsílicas umas sobre as outras, como espiões cegos. Mas chega enfim à varanda e começa a trabalhar.

Sob efeito da galhada histamínica do café que lhe acende o espírito em sinapses, escreve veloz no *laptop*. Seus dedos trabalham e são ágeis. Pausa, busca uma ideia. Vera Luz crê. E escreve.

"Corrupção", sopram ao seu ouvido esporos de ideias. "Jéssica não comparece à terceira vara criminal". "Americana Bastos não segue ordens, não é de seu feitio." De repente, um achado: "Justiça desidratada". Sorri. São palavras mágicas. Algo na velha terra mineral de seu país se abre, como uma rosa cinzenta; dessa voragem, confusas curvas da orelha da história, cadáveres há muito afogados são ejetados do silêncio, inchados, amarelos, verdes, hiperbólicos pela longa decomposição. Vera

Luz acha perfeito o texto final: é um círculo mágico. É um texto feroz e que a agrada, como um tigre domado.

São três horas da tarde de um dia impiedosamente quente. Vera Luz bebe café. Lélia Silva Raia passa atrás de si, fantasmagórica. Na casa fria, nas paredes brancas, cabeças negras surgem dos tijolos – tijolos de barro, permanentes, verdes feito pães.

Alívio cômico

Um bilhão de imagens cômicas saem do Casulo e acendem um bilhão de celulares, em um só espasmo.

O primeiro e o terceiro regimentos do quarto batalhão de infantaria

Ao lado da grande construção rosada, cuja arquitetura semicolonial fora resultado de um projeto tardio, do século XX, alguns soldados da Várzea dos Automóveis descansam do almoço. Maritacas revoam sobre os coqueiros e palmeiras e um gato dorme embaixo de um canhão.

Os soldados palmilham seus celulares, e também os oficiais. O vento lhes despenteia os cabelos e esfria os suores. O terceiro regimento do quarto batalhão está correndo e cantando, os coturnos mascam seus sonoros chicletes de pedra – chenque, chanque, chenque, chanque – mas os soldados e o tenente do primeiro regimento não os ouvem, navegam na internet e aproveitam a siesta.

Comentam, replicam, repassam, se indignam, assumem uma posição na cadeia; por um instante, não são mais o exército oficial, senão um movimento difuso, paramilitar, guerrilheiro – de uma guerrilha que pela primeira vez se confunde com o próprio exército, e não se lhe opõe. São, ao mesmo tempo, Miami e Sierra Maestra.

O vento fecha e abre o janelão do terceiro piso, no palácio rosado. Um oficial-burocrata confere planilhas no computador desktop; a seu lado, um gabinete de madeira-de-lei entalhado com os louros da república; as paredes mal-pintadas, o barrado a tinta óleo cinza, do ombro ao pé-direito altíssimo, terminado no forro de tábuas em pedaços, a pintura creme descascada, caindo, descolando-se feito uma pele abrasada pelo sol, onde pinturas dos presidentes generais e marechais descansam, levemente tortas. A seu lado, o balcão com uma cafeteira de cápsula, um fichário, copos descartáveis e um galão de água azul, regurgitante.

O oficial bate os coturnos no assoalho, entre uma confusão de fios: de força, mouse, teclado, caixas de som, da velha impressora, monitor, trepadeiras agarradas umas às outras, trepadeiras de seiva elétrica e córtex de plástico. O oficial, Glauber Reales, bate o coturno no chão e abre enfadado o aplicativo de mensagens. Bisbilhota um endereço pornográfico. Entra na página do Clube Militar.

Floriano Peixoto, do alto da parede nua, o olhar vago e quase embriagado, como se descansasse de sua fúria em uma Alagoas eterna e desarmada, torna-se a cada clique de Glauber Reales um pouco mais velho, mais concreto, mais marginal.

Mensagem urgente de Róbson Sertori

Róbson Sertori, o homem de muitos recursos, envia uma mensagem a Jéssica:

"Encontre-me no porto. Urgente. Te espero ao lado da doca 13, às 27 horas."

Lélia Silva Raia oferece leite a Cecília

"Acorda menina", diz Lélia Silva Raia à filha da patroa, Cecília. "Tome seu leite."

"Eu não quero leite", diz a garota, girando em um casulo de cobertas.

"Há o leite. Beba."

"Não quero".

Lélia Raia suspira, o copo de leite na mão. Chacoalha os pés de Cecília.

"Por que você quer tanto que eu tome o leite?"

"É uma exigência da sua mãe."

"Não quero."

A menina põe os olhos para fora da coberta, como um jacaré.

"É para o teu bem. Esse é o seio dos seus pais. O leite fresco do escuro, gorduroso com a tua salvação. Toma o leite."

A menina pisca.

"É o leite. Aquele que um dia te arrancou do altar, de cuja nata se fará o teu vestido de noiva."

"Eu não quero crescer", diz Cecília, lentamente descendo as cobertas até que surja um nariz redondo, vulcanizado de cravos.

"Essas vacas comem de um pasto de fogo. São cingidas com guirlandas de ouro. Elas pastam no escuro, à noite, e entre a névoa se vê seu ventre mariânico, a lâmpada dourada de seus anéis; em seu pescoço, como uma igreja, um sino quebrado."

"Eu não quero crescer, não quero estudar! Não quero leite!"

Cecília sente na língua o gosto das cobertas, que, úmidas, lhe devolvem um gosto algo têxtil de língua.

"Toma o leite. Ele é teu arquiteto. Foi o leite quem primeiro sussurrou ao teu ouvido: 'Cecília'".

A jovem esperneia, ainda justa em seu sarcófago.

"Ao menos acorda, menina. Se prepara. Você tem que ir à escola, é seu último ano. Mas, alerta!"

A menina encara o armário com olhos azuis de sono.

“Alerta. O teu leite é um leite furioso. O leite da certeza, que escorre do escalpo branco da noite e pende dos ganchos do frigorífico – toma cuidado. Há um único seio vazio no mundo, e é dele de que todos mamam. Um seio oco com sua própria glória. Toma cuidado. Os anjos estarão todos vestidos de branco, como os açougueiros.”

A coberta desce até o queixo, revelando uma boca torcida, amarga, de nojo.

O Goleiro Velho pesca no rio Agenor-Açu

O Goleiro Velho está sentando no jirau que avança sobre o rio: um píer de tábuas desconjuntadas, quatro pernas em desalinho engatinhando água adentro. O Goleiro Velho se levanta da cadeira. Deixa a vara de pesca em espera. Pisa com cautela as tábuas – as que ele sabe serem soltas costelas flutuantes – e após empenar uma a uma todas essas muletas mutiladas, chega à sombra, à margem.

O Goleiro Velho é alto. Robusto, barrigudo, assim sem camisa seu peito é uma armadura romana de pelos, grisalha, enfeitada por uma pesada corrente de ouro. Ele anda algo travado, ao modo dos ex-jogadores, ferido ao longo do tempo por uma equitação ortopédica, física e também imaginária.

O Goleiro Velho foi um péssimo goleiro. É um pescador acima da média. Entra na sombra da mangueira. Seus olhos se fecham. Sente a tontura súbita de sair da luz, trazendo nas pálpebras uma versão verde, falseada, da luz solar – essa escuridão verde estando para o sol como a cola para o leite. É tomado, contudo, por uma prazerosa consciência do próprio corpo. Sua pressão está baixa, seu sangue, lento. Uma consciência lenta, que sai dos rizomas do cérebro e desce pelos pulmões e como neutrinos atravessa o estômago, esfria seus testículos (encharcando o interior do corpo com milimétricas gotas de pura consciência, azul, energética, autônoma e fria). Até tornar-se energia excessiva, repulsiva, que deva ser expulsa do sangue com um tremor de cão molhado.

Os fogos de artifício se multiplicam com o sangue fraco, o enquadro de suas vistas se reduz em escuridão. Tonto, ele se apoia à árvore.

Então o Goleiro Velho sente com todas as nuances o sabor de si mesmo. Uma sensação quase de orgulho; íntima, estranha, revigorante como uma cirurgia.

Pega a quirera de milho no tambor apoiado à mangueira. Joga uma latada no rio, cuja água ri e se regenera. Volta à luz. Vê o céu, com o azul hipersaturado das pautas de caderno; vê na outra margem dois homens conversando: Vladimir e o Ferido.

O lábio do Goleiro se arreganha sobre os dentes. Faz força, da cabeça ao peito; seu nariz, succionado, diminui, como uma borboleta que de asas fechadas as fecha ainda mais; ronca, entorta o queixo, abre e fecha certas taumatúrgicas tubulações e, como um mágico, cospe no rio um poderoso coelho de catarro: os alevinos se aproximam e beliscam com temor e fome esse falso ovo, essa falsa célula (a versão da vida pelo catarro, pelo rancor fisiológico, é ali estranhamente semelhante a gema clarificada e a uma rotativa galáxia, concentradas em um centro do plasma, uma nebulosa citológica, um curvo, espesso e viscoso espaço-tempo de muco).

Surgem no céu o pulso de duas estrelas precoces: uma prateada como um peixe, outra vermelha.

Róbson Sertori encontra Dr. Atílio da Veiga na primeira classe

Róbson Sertori, o homem de muitos recursos, sobrevoa o oceano em primeira-classe. Vê da janela a panorâmica do céu, o estábulo dos aviões, as nuvens submetidas logo abaixo em um pacato carpete, metade físico, metade ideia. De resto, e acima, esse estábulo fantasma, o desabrochado túnel azul como uma flor de água sanitária. O raio de sol atravessa as nuvens e a janela e faísca no copo – a luz abre e fecha sua íris loira dentro do conhaque cor de couro e de maçã oxidada.

Róbson Sertori come castanhas. Sente no ar um cheiro barato de higienizador.

"O senhor deseja alguma coisa?", pergunta-lhe uma cabeça feminina de quepe.

"Estou bem, obrigado."

"É um absurdo. Simplesmente, um absurdo", ouve a indignada voz de seu companheiro de voo, da poltrona oposta. O senhor, gordo e calvo como um punk às avessas (cabelos nas laterais, um vazio no centro do escalpo), bate o dedo curto no jornal. Percebe que recebeu a atenção do Estelionatário.

"Simplesmente um absurdo. O problema da Várzea dos Automóveis é um problema moral."

Os lábios do homem se umedecem inexplicavelmente; seus óculos escorregam pela ponte do nariz; com um esgar de focinho e com auxílio do dedo, os recoloca no lugar.

"É preciso cortar o mal pela raiz" diz Sertori, tateando a conversa e, pelas palavras, tentando encontrar asperezas, oposições, até que se formasse dentro dele a imagem de uma personalidade.

"Mas exatamente!", replica o vizinho (a mão dialógica de Sertori – tateando a personalidade do companheiro de voo – encontra a forma de um nariz, assim como o imaginava).

"É uma pouca-vergonha", continua Sartori, "o diabo mora nos detalhes."

O vizinho se ajeita na poltrona. Fala encarando um ponto à frente de seu novo colega, de modo que conversem com uma figura imaginária, formando um triângulo escaleno.

"Pois é. O senhor acredita que hoje mesmo pensei a mesma coisa? O senhor viu a manchete?"

Há um vazio no lugar dos olhos; mais adentro, em um poço vermelho, a fruta sumarenta de um coágulo.

"Mas é disso mesmo que estou falando", prossegue o Estelionatário, olhando o ponto acordado em frente e molhando os lábios no conhaque. "Assistencialismo!"

As palavras escaneiam as bordas sensíveis do crânio; tocam um nervo flácido, sentem uma irritação dentária, molham-se em um visco antigo, vital, uma velha lâmpada de gordura.

"As-sis-ten-cia-lis-mo! O senhor tirou as palavras da minha boca". Os dedos pegam em pinça um embrião cartilaginoso, espasmódico, mais velho que o mundo; puxam-no: está envolto em uma corda, elástica como saliva, e já se distingue na luz o amarelo gema entre tendões, e em uma concha violeta, a trema siamesa de dois olhos pretos.

Róbson Sartori mistura na boca castanhas e conhaque. Olha o céu de sua janela, abandonado momentaneamente o triângulo escaleno do diálogo, cujo vértice já lentamente se deslocava para si. Vê as nuvens baixas, roçadas pelo ozônio, e a têmpora de um sol antigo, monstruoso, uma estrela brutal tocada pelo hálito da Graça.

Sartori entrega ao sol esse coágulo vivo, a pupa verbal entre os dedos. O sol, indeciso, urra entre os aviões; balança os chifres de sua coroa de urânio, abre a boca, puxa a carne do mundo aos repelões, a pata sobre o planeta; das fibras arrancadas e esticadas até estourar surgem violetas, azuis, verdes sagrados, as nuvens delirantes, um raio de luz que escapa e refulge em ouro no conhaque âmbar.

"Ministro Atílio da Veiga, a seu dispor", diz o homem, procurando seus olhos e desfazendo por um instante o triângulo reto.

E Róbson, sem encará-lo, vê, minutos antes da noite, os últimos atos policrômicos do ministério do sol.

PC McIntyre e Jéssica, há muito tempo atrás

PC McIntyre tem onze anos. É chamado de Paulinho. Está à frente da casa da menina Jéssica.

É um fim de dia quente; as ladeiras da Várzea dos Automóveis são feitas de paralelepípedos. As casas têm um piso apenas, muitas são precedidas por jardins curtos e bem cuidados. Carroças passam, cabeças pendulares de cavalos, um fim de dia quente e as estrelas surgem com dificuldade, furtando vãos no céu rosa. As estrelas parecem irritadas, com sua pele de criança entre o capim cru do espaço.

Os grilos e as cigarras cantam. Paulinho bate palmas. Elas ecoam e emolduram sua voz como um berço de pedras: "Ô de caaasa..." Um copo-de-leite precoce se abre e o doce, produzido em oitavas exageradamente erradas, alcança as narinas das pessoas e as zoomorfiza. A cabeça de um homem surge à janela e se retira. Ninguém responde.

Paulinho passa as mãos no portão baixo, que lhe chega ao peito. É feito de grades cujo metal foi corroído pela ferrugem. Sua mão sente a aspereza do portão, que se descasca ao toque. Pombos arrulham. Pela falha repetida do dia, a noite, aos poucos, entra.

A porta se abre e Jéssica surge. Chama-o para dentro de casa e o menino em princípio relutante aceita. Passa o jardim, cujas plantas lhe parecem selvagens, sem flores e viciadas, sobe os três curtos degraus e adentra a porta. Ao lado, no oratório enfiado em um nicho como uma pequena gruta, arde a vela votiva. Sua chama é ovoide e afilada, uma canoa, uma célula de outro mundo, com as cores vagamente sujas da transcendência, um minúsculo e dançante abacate de fogo aos pés de Santa Teresa d'Ávila, mãos postas e um olhar desconfiado dirigido aos céus.

Entram menino e menina. O pai lê jornal e continua escondido atrás das folhas, lhe parecendo um assustador minotauro de papel. O menino vai à cozinha e diz oi à mãe de Jéssica, ao avô, sentado em uma cadeira e sendo medicado pela nora.

"Eu queria que você visse", diz-lhe Jéssica, arrepiando-o com a confissão e indo ao filtro para encher um copo de água. E Paulinho vê: a nora limpando a ferida na coxa do sogro, cujo rosto não se mexe, áspero de velhice, um sorriso invertido soltando pétalas, descascando, caindo pelo chão da cozinha.

A nora limpa a ferida, que não cicatriza. Há um buraco na perna do homem e nenhuma cirurgia, a essa altura, é recomendável; é preciso, portanto, limpá-la, sabendo que nunca se fechará. A nora molha o algodão, que se azula e murcha, e com ele limpa em redor do machucado. Depois, dentro da carne, até o fêmur, branco, perpetuamente visível. O velho não se move, senão quando lhe tocam o osso – um repuxo no sorriso invertido, "sssssss", como uma cobra que recua para o bote. "O senhor precisa ficar parado..."

As duas crianças bebem água. O menino bebe aos poucos, sem tirar os olhos da coxa. É como se dali, na cozinha mal iluminada, ao lado da cristaleira e do cheiro de arroz, fosse surgir a Vênus de sombra, do centro da aflição. O menino é puxado pela mão por Jéssica, vendo uma última vez a mulher que limpa o homem, que limpa-o por dentro, tocando um pedaço de sua morte – ele que germina o esquecimento pela coxa. É ali, pensa PC McIntyre, o centro do universo; está ali a última semente.

No portão, o céu rosa já dera lugar à noite recém-chegada, fresca de escuridão nova, ainda verde, no canto a foice de uma tânica lua.

"O que ele tem?"

"Eu não sei. Não fecha. Mamãe às vezes deixa eu olhar."

Paulinho a olha com nojo e amor.

"Você vem na praça hoje? Por favor?"

A menina olha o próprio pé, um pé pequeno e temporário.

"Não posso."

PC McIntyre passa a mão no portão. O ferro das grades se despedaça; ele passa com mais força, como se o limpasse, lixando-o repetidamente.

"Por quê?"

Os copos-de-leite estão todos abertos, cheirosos, aferroando a memória, fixando o dia com seu límpido verniz. O esterco empelotado no paralelepípedo espalha no ar um odor doce de digestão.

"Não posso. Nós vamos ficar em casa, hoje. Vamos ouvir o programa do Vladimir. Outro dia a gente vai."

Uma rajada de vento passa por eles e as árvores escoiceiam; no céu, as estrelas menos emitem sua luz que deixam-na despencar, caindo e invertendo-se no caminho, intermitente, feito caspas da cabeça do firmamento.

À beira da piscina verde

"Como estamos, camarada?", pergunta Róbson Sertori a Jair Johnson, que não responde. Estão ali, no quintal, além dos dois o juiz Weisselmeister, Peninha Trudeau e PC MCIntyre.

Há uma piscina cuja água é verde, uma passagem para o mundo subterrâneo. Chove sobre a tenda branca em que se reúnem e é noite. Luzes pensas de arandelas iluminam a gota de chuva, tremem, recuam de frio.

Na piscina redonda, em sua água de um verde fosfórico, veem-se folhas secas ensopadas, a espuma doentia, amarela, como de sorvete e refrigerante de cola; a escada de alumínio convida à descida para o inferno verde.

Alberto Weisselmeister (cujas axilas ampliam segundo a segundo dois discos molhados em sua camisa) entra na conversa e a insere na roda; sugere:

"Meus amigos. Devo confessar a vocês que estou preocupado. Muito preocupado. Os processos estão crescendo, em pouco não caberão mais nos arquivos. E, ainda assim, apesar de estourarem seus parafusos e de torcerem-se seus metais, os juizados ainda têm fome. Eles gritam, nas madrugadas, no Fórum, e no dia seguinte suas cartolinas verdes e rosas amanhecem em pedaços."

"Que se devorem, eles e todos os Silvas", replica Róbson Sertori, que olha em redor ansioso e recebe a aprovação de PC McIntyre.

A superfície da água é bombardeada pela chuva e move-se o carrossel de sujeira. Estão acesas as lâmpadas em sua lateral, lâmpadas subaquáticas, como os turvos faróis de um submarino, criando pulsares foscos de luz; à superfície, quase plástica, furada contudo pela chuva, brilhando de um verde vagaluminoso, restos podres de galhos, florescências; aranhas e pernilongos patinam em círculos com longas pernas.

PC MCIntyre, sentado em uma cadeira plástica branca, esparramado, as pernas abertas, contesta:

"Seus juizados não existem, doutor. São só o teatro de meu velho pai, há quinhentos anos idealmente analfabeto."

"Seu velho pai, sim: ele soprava o matagal, e os bugres viravam bois; nas minas, quando urinava, os negros se tornavam bois de ouro", acresce Sertori.

"Não me interrompa."

"Compreendo", pensa Peninha Trudeau, sem ousar se manifestar, "foram eles quem inventaram o mundo. Eles brilham. Eles são de carne. É deles a líquida alcatra, a perturbada face das águas."

Um sapo flutua próximo à escada, sua pele em bolhas, como a água; e então mergulha, no líquido morto – e os olhos de Jair Johnson o acompanham.

O sol

É um dia como outro qualquer. Há o sol e pardais tomando banho de terra. Árvores, céu azul, ruas prostradas pela hérnia do meio-dia, carros estacionados, quentes como panelas. O varre-varre de folhas secas, sonoras e côncavas como orelhas, cães de rua piscando, sonhando nas calçadas. Um mendigo dormindo com o cobertor corta-febre tem apenas um dos pés visíveis, um pé grande e redondo e verde.

Na periferia do universo; na periferia da galáxia e na periferia do sistema solar; na periferia do planeta, na periferia da cidade periférica como à beira de uma série interminável de abismos, vê-se o disco solar em toda sua máxima glória. Acidentalmente visível, está lá o joelho em chamas, a rótula branca vagando no sábado do universo e pagando sua promessa de estrela, subindo um a um todos os degraus de todas as igrejas da cidade; um astro girando e deformando o tempo, mastigando e cuspindo a matéria dos aniversários, da espera, deslizando na escuridão e atravessando o pó de uma estrela cremada; o mesmo sol cuja rótula viu um Abel despreocupado, Roma, o bocejo de um imperador chinês, cavalos encilhados pastando à espera, uma folha caindo na Ásia, que esquentou as pedras em Angola e os cabelos de Cristo. É o mesmo sol que diz agora "são verdes as folhas desta árvore", ao mesmo tempo em obtusa sabedoria e admirável senilidade. Que nos ensina como um Adão cromático as ondas, o ritmo preciso de cada coisa e conduz aos nossos olhos uma comunhão com desvio para o vermelho.

O céu azul já sem nuvens e as árvores balançando lentamente, as mangavas lecionando para flores brancas, o pardal no fio elétrico, dentro do tempo, as escamas alaranjadas das telhas. A cidade se aquece, as casas ficam um pouco maiores, enchem os pulmões, cada ínfimo objeto se amplia, modificam-se as dimensões da realidade, uma mosca obedece a um chamado inexplicável e voa. A luz solar se inclina, brilha na unha negra do homem. O sol borbulha em seu canto do universo, sob a flexão de suas cordas e de seus elásticos. O hidrogênio imagina até a frenética hemorragia; a escuridão explode em sua bênção radioativa, chegando à periferia da cidade. A luz atravessa toda a história e perfura o coração da onisciência.

Tocado por um pálido calor no pé o mendigo se vira; seus sonhos se modificam, reagem, entram em colapso e espalham-se pelo corpo, até os pés, como um novo sol.

O pastor Enéas Juvêncio se dirige à missa campal

A Visconde de Luccas Neto no centro da cidade é uma rua estreita por onde, não obstante, passam ônibus e pequenos caminhões de mercadorias. O asfalto é quebrado e o lixo entope os bueiros. Acima, os fios se embananam, se multiplicam. O ambiente retém calor, apesar da perpétua sombra dos prédios comerciais; há um cheiro forte de óleo diesel e o típico aroma do concreto, remotamente semelhante a cinzas. Os carros se apinham, acendem-se pisca-alertas, um ônibus buzina – a mão do motorista para fora da janela – as pessoas pulam do calçamento à rua e de volta; crianças são chacoalhadas pelas mãos para que evitem correr atrás de pombos, tromba-se, se desvia, pequenas massas de conversa se entrechocam, se atravessam, as famílias desviam do cadeirante à frente do banco – a ogiva de uma perna amputada cujos pelos se arrepiam na corrente de ar.

Além do banco, diversos estabelecimentos, todos coloridos. Verde, vermelho, azul e amarelo se confundem – porém não em uma exuberância colorida, mas todos tragados pelo asfalto, duros, anêmicos – ou melhor, sem espalhafato, severamente marginais – e se sucedem como se todas as cores tivessem na alma o marrom das baratas. Que, aliás, surgem das fissuras do calçamento e das grelhas dos bueiros, para logo regressarem às suas trincheiras, eternamente confusas.

São: uma loja de capas de celular; de meias e *lingerie*, o sutiã torto em uma manequim sem cabeça; uma ótica, em cuja fachada está a imagem de Americana Bastos e Lázaro, fechados em roupas de frio e óculos escuros; um dentista de uma porta só, com lances de escada estreitos que conhecem e acompanham o latejar das mandíbulas; uma salgaderia de fachada marrom, desenhado o *toque blanche* de cozinheiro; uma joalheria com um policial à paisana sentado em uma banqueta à porta, pago por seu mau-humor; quinquilharias, semijoias, em um estabelecimento repleto de mercadorias até a insanidade, tomado por um êxtase turco, de que qualquer objeto possa agradar ao coração inescrutável de Deus; assistência técnica, em fachada azul, cujo letreiro tenta ser engraçado, mas em cujo ambiente há apenas o tédio massivo de dois balconistas e um ventilador boçalizado; uma caçamba amarela e enferrujada, cheia de alvenaria, galhos, folhas, sacos plásticos e pacotes de lanche, copos descartáveis, papéis de bala, notas fiscais; uma garota magra forçando os transeuntes a desviarem com suas costas e peito de placa, onde se lê "compro ouro"; uma travesti de *top*, visível o abdômen duro, quase de menina; homens e mulheres que passam apressados, desequilibrados por uma sacola que lhes prende a circulação dos pulsos e transforma a mão, por uma maquiagem interior e trombótica, em violetas enforcadas; pessoas que olham nas janelas dos carros suas próprias imagens ovaladas como igrejas; ou que param na vitrine, veem o sapato, a sandália, o salto com a marca d'água de seu próprio corpo, como um espectro, surgindo e desaparecendo entre sombras, sem rosto; um bêbado exaltado, dançando involuntariamente, pela força centrípeta de sua própria confusão, ergue a cabeça para o alto e de seus lábios molhados por entre a barba enuncia seu nome, seu "eis-me aqui" furioso; pombos, tontos de febre, degradados de sua potência animal e simbólica, batem asas e fingem que fogem para satisfazer a raiva tópica de quem passa; um motoqueiro preso no engarrafamento que faz urrar o motor de 750 cilindradas, como um áspero e compacto elefante; uma viatura policial que passa devagar segurando os carros, olhando a cidade das janelas com a curiosidade de turistas e a tensão de milicianos.

Entra-se por uma porta e se é levado a uma cozinha estrepitosa, em que os clientes têm algo de um sombrio humor medieval; entra-se por outra porta e um buraco-negro o leva à metrópole, a outra cidade muito distante desta, com musgos de óleo nas paredes e um *office-boy* com envelope pardo devorando uma coxinha. Entra-se pelas portas de vidro e se penetra ainda outra frequência: um prédio frio, constipado, cujo interior deixa ver canos quase ancestrais, portas com números de lata e madeiramento de caixões, desvãos com a maré alta da má infinitude, elevadores desalinhados – o vórtice de luzes fluorescentes, da obscura época dos grandes óculos e do nascimento dos computadores – em suma, toda uma estrutura revolta, séria, fria como um cemitério.

Um panfleto voa tentando imitar o ônibus que passa; um copo melado de *milk shake* gira para um lado e para o outro, como um caranguejo acuado. Faz uma repentina sombra na rua Visconde de Luccas Neto: nuvens escondem o pouco sol. O pastor Enéas Juvêncio atravessa a rua e segue em direção à praça, para a missa campal.

A revolta e o Velho no sobrado

Sobre o cruzamento das avenidas centrais e em uma das casas balconadas e erguidas em colunatas gregas está o Velho. Os sobrados neoclássicos dão às ruas um ar de século XIX europeu que lhes é estranho: órfãs de chapéus, de cavalos, de fiacres, as ruas são cópias de cópias de cópias, até que evanescentes nessa longa cadeia de simulacros se tornem da mesma substância da memória: sólida, marmórea, consequente e no entanto volátil, alheia e com vida própria. São o que resta dos sonhos meio dementes de uma elite há muito desaparecida. As casas mantêm ainda certa solenidade. Com a autoridade decorativa dessas coisas que já não nos fazem mal, suas colunas e frontões compartilham com os daguerreótipos certo extrato histórico, seu fundo de impotência, seu caráter de tigre de papel. Do devaneio prepotente dessa elite, cuja pretensão estética está ainda gritando no mármore italiano, abre-se (como uma ferida no flanco) essa abertura que diz com todas as palavras: "aqui está meu ponto fraco; agora é tarde, mas é por aqui que eu poderia haver sido ferida de morte". Não são sobrados sombreando as ruas e avenidas, mas manifestos das almas que, nas escuras caves de pedra entre paus podres e entre teias, fazem borbulhar em silêncio as champanhes; não são monumentos, são cicatrizes que não fizemos no corpo da história, e cujo portal há muito se fechou; são declarações de amor de quem se dizia absolutamente indiferente a tudo e a todo sofrimento, ou seja, são os pontos servis de quem nos fazia de servos; são arquiteturas sabujas, lambendo hoje as botas ocas de um espectro, uma bajulação que se tornou carne, e que nos implora que a bajulemos para que fechando o ciclo possa descansar em paz. E é por isso que em todo o langor de sua demência preserva ainda alguma astúcia, esperando que de sua atual impotência advenha uma imponência inofensiva, envergonhada.

O Velho olha do balcão a cidade em chamas. Vê Vladimir ao lado de motoboys, um capacete na cabeça que pode ser tanto de reconhecimento pela causa quanto temor de ser reconhecido. Da outra avenida, é possível ver Jair Johnson sério no meio da multidão, apertando firme as mãos de policiais.

"Lindos!", exclama o Velho, os cotovelos apoiados nos balaústres, a bunda empinada e nu como veio ao mundo. "O senhor não desce?", parece indagá-lo um dos manifestantes, entre gritos, canções e o estrépito de sirenes, bombas e vidraças estilhaçadas. "Não, menino. Não quero", e se retira. Para o fresco sobrado, cujas paredes trocam de cor sob a influência de fogos-de-artifício.

"Ah, dormir", diz, deitando nu no chão gelado, espreguiçando-se no mármore. "Sonhar, hoje. Ver, enfim, como será sonhar durante uma revolução."

A indignação de Americana Bastos

Americana Bastos desperta e do limiar do deserto vê as árvores da cidade. Há menos estrelas, ocultas pelo bafejar grená das luzes urbanas. Americana Bastos se levanta, puxa a manta que dá duas voltas em seu corpo e a joga sobre o ombro esquerdo, como um cachecol. Olha a cidade, rilha os dentes. Ergue a cabeça, volta a encarar as árvores e o que lhe chega dos prédios.

"Infâmia. O cu de Deus, essas fezes geográficas em um sistema solar. Um Deus ajoelhado sobre o esterco de um universo verde, malcheiroso, fluido e podre. O cu de Deus por onde escapam sóis estragados, o verme em chamas de um meteoro riscando o Tártaro de onde nenhum sonho foge – eu arranco minha cabeça para fora desse horror quando durmo, e então desperto – e nada! Partes de nada. O grande nada só substituído por essas fezes estúpidas e um emaranhado de gás, de poeira, de resto eletromagnético, a flatulência ultravioleta no lixo do espaço. Um canto gregoriano se espatifando do ânus de um anjo, um monge ajoelhado sobre sua latrina interior. Cidade! Cidade! Os ilimitados espectros de um horizonte fechado, olhos residuais no meu rosto para um universo vil e sem narinas – nebulosas e a pequena nuvem de Magalhães as diarreias de energias incontinentes. O que estou fazendo aqui? Que Deus fique quarenta semanas em sua pupa congelante e que coma por cem dias seus próprios gafanhotos. Que arranque seus cabelos e se cubra de cinzas; que cague até a eternidade, comendo a si mesmo e cagando a si mesmo, e nos cubra para sempre com um tampo em auréola e nos sentencie de volta ao nada – ou então essa eterna troca, angústia, dever, desespero e uma moeda para entrarmos de volta por baixo pelo rabo do horizonte – coma o teu mundo! Defeca mais de seu universo estéril e nos dá de vez a buchada dos teus sais e da tua luz, enfim. Bendito é o teu ventre, universo! Minha dor tem voz, e eu cessarei a máquina dos teus intestinos. – É um horror. Não há nesse universo uma só galáxia maior que um pecado, a força que o Criador faz em seus quarto traseiros."

Um risco metálico corta o céu. Na fímbria do início da cidade surge a silhueta escura de um velho, que para, se vira para Americana e some entre as árvores. Americana Bastos deixa pegadas no fim do deserto e elas desaparecem, aos poucos, em fios de areia – como se o tempo andasse ao contrário.

Parte IV

TERCEIRO SELO, AS DUAS CABEÇAS DA HISTÓRIA: A BOCA DAS OLIVEIRAS VERDES.

QUIROGA

Jair Johnson e Dona Mariana Reyes no litoral

"Quem vem lá?", se interrogam os dois criados da casa.

As árvores do litoral envergam ao vento, é noite alta, zunem o mar e o ar. As ondas ainda são ouvidas, arrebentando nas pedras.

Um homem vem a cavalo. O cavalo está furioso: a chuva cai torrencialmente. Há as casas coloniais, os barracos de sapé, as bananeiras ensandecidas pelas grossas gotas da chuva e pelo vento. As árvores da mata oceânica se revoltam e brilham à luz dos relâmpagos; há escuridão e verde, e cachoeiras caem no escuro, para o fundo da boca do diabo.

Os cascos do cavalo repicam no chão de paralelepípedos. O cavaleiro puxa a rédea à frente da casa. "Será ele?", pergunta-se o casal de criados. O relincho se mistura ao som do mar, à fúria do vento. Um trovão ressoa e as camas de metal e as panelas presas a pregos nas paredes tilintam. Uma árvore ensopada, imensa, torna-se azul de eletricidade, e após a explosão pega fogo debaixo da chuva.

"Onde está Dona Mariana?", grita Jair Johnson, do alto do cavalo, segurando suas rédeas (os dentes cariados do cavalo molhados pelas três formas da água: de baba, espuma e chuva). "Onde está Mariana Reyes?"

Os criados se persignam. Um lampião é aceso e a luz alcança as janelas. Ouvem-se passos no assoalho de madeira, a casa inteira range por dentro, e vibra por fora à força da tempestade.

"Vá — por ali", alguém clama em voz baixa dentro da casa. Duas mulheres, de camisola branca, correm pela casa. Cavalo e cavaleiro urram, cada qual com sua voz animal. "Dona Mariana Reyes, sou eu!", exclama Jair Johnson, os bigodes pesados de água.

Uma cobra musculosa, um bíceps interminável, rasteja entre o bananal; sua língua sai da cabeça triangular e vibra no ar, dupla, bifurcada, como um relâmpago; a cobra rasteja e sente no ventre frio as formas das pedras, do barro e do mundo.

O início da missa campal

É quase a hora de o pastor Enéas Juvêncio subir ao púlpito.

À chegada dos primeiros curiosos os pombos revoaram. Estão nas frondosas copas de figueiras, empoleirados ao lado de andorinhas e de gambás.

Há uma fonte no centro da praça, onde antes houvera a igreja matriz, diversas figueiras centenárias nas calçadas, um relógio grande de ponteiros parados, caídos – não por haverem deixado de acompanhar o tempo, mas por terem perdido sua luta de ataques consecutivos contra a fluidez desse mesmo tempo, que venceu e jogou os ponteiros para serem devorados pelas hienas da gravidade. À frente do teatro, encabeçando a praça, um palco de metal pré-montado onde é testado o sistema de som.

Aproximam-se curiosos e fiéis. Entre eles, Natanael Droga, de camisa, calça de brim e chinelos. Esfrega as mãos satisfeito. Seguindo o sistema de som, um grupo grita "Por Jesus Cristo!"; Natanael se vira para eles e grita em retribuição, "Por Jesus Cristo, nosso Salvador!". Ri e dá dois pulinhos, voltando-se para o púlpito.

No palco há mulheres e homens com camisetas estampadas, iguais. Conversam atarefados e distribuem panfletos para as crianças do coral; combinam algo, alguns saem do tablado e se misturam aos fiéis. Homens corpulentos e de terno se posicionam ao lado das figueiras e policiais se organizam. A presença da violência tácita, que faz parte do ritual sem poder se misturar a ele – os policiais e seguranças não podem rir, chorar ou subitamente serem possuídos (a arma em seus coldres é talvez o amuleto que os protege) – emoldura e traça os limites da fé, que pode e deve chegar a Deus, ultrapassar as barreiras do espírito, mas não as da autoridade. Para quem habituado como Natanael Droga aos abusos da força e que agora vê a multidão se espremendo, cerrada por homens grandes com as mãos juntas à frente da genitália, como se controlassem um instinto viril quase incontrolável, (o exato contrário de uma barreira futebolística, pois não protegem o falo contra o choque, mas sim refreiam o falo de provocar um choque que de outro modo, sem o auxílio frágil da volição representada pelas mãos, se voltaria contra o povo); vendo esses homens cuja feição demonstra estarem absolutamente desprovidos de prazer, Natanael Droga tem a impressão de que o rito é parcialmente feito para produzir uma força popular imensa que consiga ao final castrar por um instante a força dessa autoridade, sem no entanto desafiá-la.

Com um senso aprumado de dignidade, muitos dos homens que não se vestem com as camisetas estampadas estão de terno, como os seguranças, e com isso demonstram respeito a Deus mas, também, resgatam certa cidadania perdida talvez desde o pecado original da Várzea dos Automóveis – inominável, jamais mencionado. Há também muita alegria juvenil, meninos e meninas namorando, cantando em círculos, batendo palmas, sorrindo e lançando um vibrato coletivo para os céus. Mães dançando com os bebês no colo, fazendo solavancos bruscos e rindo, fingindo que os fazem cair e erguendo-os, deixando-os experimentar a deliciosa vertigem da Queda e a Ascenção em miniatura da gargalhada nas alturas; Bíblias surgem encurvadas de uso, surradas em suas capas de couro ou de plástico, e alguém orgulhoso eleva seu Evangelho acima da cabeça, dançando, alegre. Em breve, grande parte dos presentes já canta em uníssono, encobrindo os alto-falantes, e Natanael se entusiasma tentando pegar algumas palavras da canção que desconhece. "Festa em Cristôoooooo!" surge do palco uma voz feminina e estoura um rojão. Os pombos remanescentes fogem e suas asas unem-se ao aplauso coletivo.

O pastor Enéas Juvêncio se prepara. Em breve haverá a prédica de "Gerião".

A cadela Lulu deseja os pássaros

Nizete Rubens está na chácara de seu amante, conhecido como Goleiro Velho. Estão tomando café em cadeiras esqueléticas, num quintal de terrão e pó em que galos e galinhas ciscam.

Ouvem-se barulhos de pássaros de diversas espécies; cães latem, as galinhas carcarejam e longe, no rio, garças brancas e mergulhões crocitam, concomitante ao coaxar das rãs. Estão em algum estranho ponto evolutivo que faz pensar: qual o primeiro momento em que os seres, naturalmente sonoros por estarem no mundo, descobriram que o eram e passaram, voluntariamente, a fazer sons? Agora todos eles disputam nesse universo paralelo uma rinha quase imaginária, duelam no ar, se empurram, se ferem de morte, sem que nada de verdade aconteça. Nizete Rubens os ouve e sorri. Pensa estar alheia a toda essa disputa sem sentido, quando de dentro de sua barriga o café se mistura ao líquido gástrico e borborigmos arrulham, com fonemas paleolíticos.

O Goleiro Velho está sem camisa, o peito peludo, a barriga inchada, o cordão de ouro embaçado de suor. Fuma e pergunta a Nizete – "Vamos entrar?" Ela coloca a xícara no chão. Passa a mão entre as orelhas da cadela Lulu e se retira, junto ao Goleiro, para uma casa repleta de condecorações, taças, troféus, medalhas e pôsteres de revistas esportivas.

Lá fora, a cachorra ergue a cabeça e olha o céu. É velha e não late. Prefere acompanhar o voo dos pássaros com um olhar beatífico, as orelhas em pé, os olhos piedosos – sua semelhança à iconografia religiosa sugere que os santos nas pinturas e afrescos anseiam pelo paraíso, olhando o céu de mãos postas, para poderem depredá-lo, para no dia do Juízo comerem todos os pássaros eternos – uma Sistina em que santos e santas, no último dia do universo, tenham os bem-aventurados abocanhados entre as mandíbulas.

Dr. Fabrizzio Phirpo em sua noite de autógrafos

Fabrizzio Phirpo – ou melhor, Doutor Fabrizzio – é o médico da família Esteves-Esteves. Acaba de escrever "Cheddar ou Chesterton?" (segundo as más línguas, imitação de outro *best-seller* nacional, "Barbie ou Barbárie") pela maior editora do país e consta na lista dos mais vendidos. Nele, advoga clássicos da literatura para tratamento de diversas doenças.

"Acho maravilhoso", diz um desconhecido na fila de autógrafos, "que as doenças intestinais sejam tão vulneráveis à leitura de Machado. Sempre gostei de Machado."

Bolhas sobem umas atrás das outras e estouram na champanha cor de urina. Esteves-Esteves molha os lábios na taça e prossegue o diálogo com um embaixador.

"Mas quer dizer que os árabes, por lerem *As mil e uma noites* no original, não desenvolvem tumores pancreáticos? Impressionante."

"Alguém que leu o livro me disse que *O pequeno príncipe* é um santo remédio, quase como um chá de guaco: não faz mal pra nada e parece fazer um pouquinho de bem pra tudo."

"Quem lê Nietzsche, a despeito do que está escrito ali, acaba por ter 13% mais chance de desenvolvimento de males dispépticos. Eu já encomendei a obra completa de Fitzgerald, cuja leitura reduz em 20% as chances de acidentes vasculares."

"Foi o Doutor Fabrizzio quem me recomendou pessoalmente – veja bem, não está no livro – as crônicas de Drummond; não de Roberto, é claro, mas de Carlos; e de modo algum as poesias, que segundo ele derrubam a imunidade contra ataques virais."

"Proust é quase tão bom quanto Ruy Barbosa, desde que este esteja escrito no português original, sem as atualizações, que o tornam anódino. Papai deixou-me diversas obras, que se lia no Largo do São Francisco à sua época."

"Prefiro Górki. Muito mais do que Zola, é um bendito antibiótico."

"Talvez seja uma questão de época, realmente. A virada do século teve baixíssimo diagnóstico de diabetes. Mas nunca leia o que liam esses autores *fin de siècle*. Não digo o simbolismo; não leia o que os simbolistas liam – já que eles como todos não liam seus contemporâneos – se não quer desenvolver alguma doença pulmonar. Kafka é bom para hipertrofia muscular, e Thomas Mann – é irônico – um bálsamo contra a asma."

"Concordo. De acordo com Dr. Phirpo, os simbolistas são excelentes contra males oftalmológicos. Só não me venha com Victor Hugo e esses franceses malsãos."

Eles riem.

"É seguro que se Rimbaud houvesse lido mais de sua própria obra não teria enlouquecido."

"Eu não faria isso. Não leria Proust assim, de uma só vez, tampouco Tolstói. Mesmo que sejam bons dermatologicamente – eu mesmo tratei uma alergia com um obscuro autor escandinavo em tudo semelhante aos dois – trazem o risco grave de piora para quem já apresentou sintomas de labirintite."

"Tudo depende da edição."

"Talvez fosse o caso de perguntarmos ao Doutor Fabrizzio."

"Ele está ocupado. E como está lindo hoje, não?"

"Sim, mas sempre foi um homem bonito. Ele não te parece um personagem de Choderlos de Laclos?"

"Ou um desses deliciosos personagens de Jorge Amado, que não cabem em suas camisetas."

"Sim, mas só se tirarmos esse mau gosto político. Tenho certeza de que os pesquisadores, que já seguem as linhas descobertas por nosso doutor, irão fazer maravilhas com suas análises combinatórias; imagine só que um deles prometeu uma nova edição de 'Seara Vermelha' com prefácio de Henry Kissinger. Será um milagre, especialmente contra a osteoporose."

Lélia Silva Raia vai ao banco

Lélia Silva Raia está com o cartão do PIS/PASEP e se dirige ao banco. Externa e internamente pintado de azul com barrado em prata, a instituição está fincada no meio do vazio. Há somente areia, deserto, de amarelo sem carnadura e o solo gretado. Aqui, onde outrora se ergueu o campo de soja de PC MCIntyre, o vento é um dragão que percorre sem pressa os amplos espaços, se retorce, sobe o pescoço poderoso e bafeja nos rostos o ar condimentado com odor de fósforos queimados.

Os pés de Lélia em sandálias estão enlameados de pó e de suor. Ela deposita uma moeda na máquina à porta e, enquanto bebe a água da garrafa "Eterna" – que se amassa ao esvaziar com som de plástica fratura – vê o pergaminho velho e virgem do deserto e a placa de rua: "Rua Senador Paulo César MCIntyre". O céu é uma mágoa azul sobre amarelo.

"O meu dinheiro está debaixo de alguma pedra de boa vontade, que só meu sofrimento pode levantar", pensa Lélia, enquanto passa a porta e sente o ar-condicionado aliviá-la, e depois endurecer seu corpo: "Estou chegando próximo... já não estou na realidade."

Passa pela porta giratória, que a faz desconfiar de si mesma, com passos de velha, indecisa e envergonhada. Um segurança vestido de preto está sonolento mas sua mão esquerda descansa sobre a coronha do revólver. "Meu dinheiro não é meu", pensa Lélia, dirigindo-se à moça pequena, frágil, vestida com um colete "Em que posso ajudar", que lhe diz, muito devagar: "É só a senhora esperar ali, naquela cadeirinha. Vão chamar a senhora no número N27".

"Não é meu sofrimento o que querem. É *algum* sofrimento; não o meu – preciso encontrá-lo", pensa Lélia Silva Raia enquanto se senta.

Um homem grande, idoso, se dirige à mesa. Faz algumas perguntas que Lélia não distingue. Vê, porém, sua camiseta justa segurando rins pesados, a bermuda cáqui, os mocassins sem meias e entre eles a maravilha de duas panturrilhas sem pelos, brilhantes, arredondadas e fortes, duas taças quase simétricas de borgonha. Finalmente, é sua vez.

"Seu dinheiro não está aqui", lhe diz um rapaz de cabelos grisalhos: Róbson Sertori.

"Preciso do meu dinheiro. Estou sofrendo dessa dor, que o senhor conhece."

"Entendo, sim, perfeitamente", diz Róbson, recuando em sua cadeira com rodas. "Pode ser que seu dinheiro esteja aqui. Sim, perfeitamente. Pode ser que seu dinheiro esteja aqui."

Lélia Silva Raia mantém os pés de modo exatamente simétrico. Tenta fazer com que seus joelhos estejam à mesma altura; raspa um dedo no outro, o outro no primeiro. Baixa a cabeça em um vesgo movimento lateral.

"Sim, com certeza. Ele está aqui. Porém, talvez – não sei como dizê-lo – ele não seja seu."

As sobrancelhas de Lélia Raia tocam-se em um cume no meio da testa. "Não é meu o meu dinheiro?" O homem ergue as maçãs do rosto, como quem não pode fazer nada. Enfatiza o gesto com as mãos vazias para o alto, como Shiva. "Eu compreendo. Não é meu. O dinheiro nunca, jamais, nunca foi meu. É este dinheiro – este, que o senhor conhece, cujo cheiro de giz induz ao sono – este é o dinheiro que desejo."

O rapaz parece se interessar. Roda a cadeira à frente. Ajeita a caneta e os papéis sobre a mesa, de modo a ficarem simétricos. "Deseja?"

"Preciso – me desculpe."

Ele parece confuso: "Precisa?"

"Preciso, sim. Mas não do modo como o senhor suspeita; e, sim, do modo como o senhor imagina."

"Interessante", responde, e passa a digitar no computador alguns dados. "Seu cartão, por favor."

Somente agora Lélia repara que as mesas todas estão organizadas sob placas informativas, que imitam sites de internet – como janelas virtuais. Os clientes estão atordoados de tédio: enchem os pulmões e os esvaziam com força. Róbson Sertori chama novamente sua atenção:

"Prontinho", e lhe devolve o cartão.

"Posso... pegar?"

"Pegar o quê, exatamente, senhora?"

"Pegar... o meu... digo, o seu, o nosso..."

"Humhum?"

"Dinheiro?"

"Que bom que a senhora tocou no assunto. Veja, minha senhora – Silva; sim, minha senhora, dona Silva. São três passos para que o ritual esteja completo. A senhora ainda precisará ir para casa. Ligar sete vezes para este número. Veja bem: sete vezes. Nas cinco primeiras, a ligação cairá. Na sexta, tudo parecerá resolvido. Não se deixe enganar – e veja que lhe faço um favor, isso, como boa fiel, a senhora deveria saber de antemão – porém não irei julgá-la, quero apenas ajudar – gostei realmente da senhora – ligue ainda uma sétima vez."

"Uma sétima vez."

"Sim, uma sétima vez."

"Farei isso", responde Lélia, já se levantando.

"Senhora Silva, senhora Silva", repreende-a o rapaz. Faz um sinal com o indicador e ela volta a se sentar. "Ainda não é tudo. O próximo passo do ritual também é desconhecido de muitos. A senhora não deve se contentar. Será preciso ir à agência lotérica. Sim, lá, onde o azar é negociado. Há uma senhora, muito jovial, que atende no caixa 3."

"Sim", diz efusiva, "eu a conheço. É muito simpática. Temos a mesma manicure".

"Perfeitamente. Eu sei disso. Por favor. A senhora deve se dirigir a ela em algum momento, fora do expediente. Deverá conquistar sua confiança. E então lhe pedir a senha. Somente assim a senhora poderá chegar ao próximo passo."

"Mas – eu serei capaz?"

"Isso é com a senhora, dona Silva. Não posso ajudá-la mais."

Quase se levantando, ela se dá conta. As sobrancelhas franzidas, os olhos lacrimejantes, volta-se ao rapaz com um traço de dúvida:

"Mas – não são três as etapas?"

Aquilo parece agradar imensamente a R. Sertori, que ajeita a gravata e a olha nos olhos com cumplicidade.

"A senhora é arguta. Sim, muito arguta. Meus parabéns. Então, me ouça" e, falando muito baixo, os dois quase tocam cabeça e ele lhe informa:

"Em casa, munida da senha, a senhora precisará chorar. Sim, com toda sua força. Com fé. Como se nada mais houvesse no mundo. A senhora deverá empregar toda sua força. E então esse mesmo Deus que fez este palácio de gelo em meio ao deserto irá visitá-la. E, dali em diante, não haverá apenas dinheiro – mas o linho invencível de algumas palavras."

Lélia Silva Raia sente um entusiasmo efervescente. Com alguma incredulidade, porém, interroga: "Palavras?"

O homem já não sente necessidade do sigilo. Em voz um pouco mais alta, rodando a cadeira para trás, lhe diz:

"Palavras ótimas. Palavras boas, uma positividade que está há séculos guardada no templo, fechada em baús dourados, em arcas cujas fechaduras têm anjos e ramos de ópio entalhados. A palavra que arrancou a cor malva do intestino do deserto e a deitou nas costas das cabras, os diálogos que fizeram anciãs estéreis dormirem e despertarem no desejo e na fertilidade; a canção de uma cidade tomada, uma série de palavras cujo entusiasmo é idêntico ao de se segurar na mão uma espada. Palavras positivas, energéticas, azuis. Palavras cujas sombras sintáticas são cédulas."

"Obrigado", responde Lélia, se levantando. Róbson Sertori dirige a ela um olhar acerbo, depois encara o deserto atrás das vidraças, guardado por um dragão. Aperta um botão, a que se segue a música de três notas de uma máquina obtusa, e diz: "Próximo."

Selênio Horner ora bêbado para seu Deus

Selênio Horner, o sábio de Ruhr Alb-Bahrein, observa do alto a cidade. Sobre a mesa de seu escritório, fichas dos habitantes da Várzea dos Automóveis – fichas que ele nunca leu.

Bebe seu *bourbon*. Deposita o copo na beirada do mais alto edifício do mundo; as leis gerais do equilíbrio seguram o copo com suas mãos maiores que os astros, antes que ele caia e se dissolva no ar como um meteorito.

Selênio Horner aspira o ar do deserto. Eufórico, encara o céu sem nuvens. Pelos resultados de suas planilhas, e também pela influência de seu *bourbon*, dirige uma oração para seu Deus:

"Deus, cuja cauda faz as ondas, cuja unha surge agora no céu na forma da lua, Deus dos sacrifícios e dos gráficos, eu o reconheço dentro do pássaro aberto das tuas planilhas. Infinitamente subornável, que jamais pode ser comprado, que envolve os ralos das galáxias em auras de gás e de propina, quebra as trancas das estrelas e desce até aqui: estamos usando todo o dinheiro que existe, e este dinheiro é teu. Perdoa-nos. Colocamos na tua lapela a flor da explosão atômica para que, enfeitado, coce as tuas costas em nossas pirâmides. Debocha o quanto quiser de nós, venha pobre ao nosso reino, mendigo, joga em nossa cara que te roubamos, mas no terceiro dia ainda esperamos que sejam visíveis entre a fuligem as tuas moedas radioativas, um amanhã com a peste do conceito, a casa de fundição do crédito. Empresta-nos mais um dia, te pagaremos com mais uma bomba. Esquece as letras e enterra o teu alfabeto, apareça na forma dos números: trindades, decimais, logarítmicos, binários, o conjunto dos números irracionais, um olimpo, uma choça de deuses novos, Quetzalcóatl, Pã, Ossanha, Tupã mais estranhos e inconcebíveis que seus anjos feitos de círculos e olhos, a forma quântica de sua vontade de dinheiro. Esperamos a tua forma numérica, correntes e elos torcidos na fornalha da inteligência, um colibri azul voando para o firmamento até a morte. Com o pedigree de feras novas, desaparecem os touros e sai do meio dessa alquimia de jornais e noites um Moloch de equações, as formas mais novas do suborno e da homilia. Nas cavernas dedicadas a você, Moloch, estão teus seguidores, teus cristãos primitivos; nas criptas algorítmicas teu mistério surge apenas na forma da conspiração, das teorias que lhes foram arrancadas como membros para secar na sacristia do livro-caixa, relíquias de uma impotência em seco êxtase. Teus filhos vendem a inteligência para a tua glória, e subornam o Deus de gás, o *magnificat* de broncos e de petróleo, hosanas aos bilionários que souberam ler o futuro de dentro da barriga dos pobres. Mais uma bomba em tua glória, Senhor dos Números, te oferecemos a coxa crua do Iraque, a velha Babilônia onde enchia as tuas patas e barbas de sangue; eles se sacrificam, ó Moloch suave, arrancam os dentes de seus filhos e os entregam no templo-iate de teu sacerdote, nos lábios o tabu de chamar a Sorte pelo nome; saem de suas criptas artificiais e arrancam, com as próprias unhas, o comunismo de seus corpos; Dow Jones e Nasdaq descem de suas pirâmides de pedra e comem a terça parte do mundo; teus gráficos sísmicos fazem eclipse e da Universidade de Chicago um homem, metade touro, metade terno, leva aos quatro cantos do planeta a arca de sua pasta comercial. Prossegue, Senhor, e arranca um a um os corações e os devora, até que sobrem corpos, e te entregaremos mais e mais camélias de fogo. Enrosca teu corpo só coxa nos nossos quasares de plástico. Até que os números tomem a Terra, e prendam em suas correntes todas as formas de volta no abismo."

Dr. Róbson e Dr. Alberto negociam

Róbson Sertori está calvo, cabelos ralos apenas acima das orelhas até a nuca. As lentes de seus óculos estão repletas de fiapos de pano.

Lá fora frio e há muito não chove. Quando o Doutor Alberto Weisselmeister entra no escritório, vem com o corpo vibrante de eletrostática; sente-se estranho, desnorteado, quando se senta na poltrona. Dá a mão ao Doutor Róbson, e ambos tomam um choque e um susto.

"Doutor Alberto, fico contente com a sua vinda."

"Eu não poderia faltar ao pedido do amigo."

O frio seco põe sua cara medonha nas janelas; faz as árvores uivarem, mas é repelido pela sala hermética, climatizada a 18 graus. Weisselmeister tira a sobrecasaca e a dobra ao colo, dura, quase vertebrada como um guarda-chuva. De dentro do tecido nervosos carunchos de elétrons saltam, chocam-se, causam uma sintética tempestade que logo se esgota.

"O jornalista fez o papel dele?", indaga o juiz, sem esconder a irritação de não lhe terem servido uma bebida.

"Não se preocupe. Mas tenho algo sensível a tratar com o doutor."

O ronronar autoritário do climatizador prossegue. Da gaveta, Doutor Róbson Sertori retira uma pasta parda de documentos, que lança acima da mesa – as folhas pesadas caem como um tapa no tampo de vidro; a gaveta é fechada de um só golpe, o choque duro de madeira e rolamentos, como um skate empurrado contra a parede.

"Doutor Alberto, seu filho e seu afilhado político estão no ramo imobiliário. Isso é um problema – por diversas razões."

Róbson explica a Alberto as vicissitudes da negociação. Será preciso abrir uma nova companhia, mas isso já está adiantado. "A única condição", prossegue Dr. Róbson, "é que o financiador deverá passar por uma das empresas do Doutor Esteves-Esteves, mas creio que isso já está arranjado." "Está arranjado", diz Dr. Weisselmeister, os lábios franzidos em um bico. Notando sua impaciência, Dr. Róbson vai direto ao ponto:

"O Doutor não está vendo a importância do que lhe digo. É preciso que tudo fique muito, muito claro. Qualquer desvio, o arranjo desanda."

"O Doutor não queira me ensinar a rezar a missa. Qual seu santo?"

"Como?"

"Seu santo", diz Doutor Alberto, desfranzindo os lábios. Sua pele muda de cor, o sangue passeia por debaixo da pele envelhecida e desenha figuras antigas, dançando, uma semovente pintura rupestre.

Com um riso que é uma tentativa de recomposição, de recuperação do terreno perdido, Róbson Sertori lhe explica sem olhá-lo nos olhos que desconhece seu santo.

"Qual o dia que o senhor nasceu? Dia e mês."

Dr. Sertori volta a olhá-lo, não com naturalidade, mas com um orgulho que somente prova que fora derrotado. As figuras ruborizadas no rosto do juiz giram, sobem pelas frontes, espalham-se de mãos dadas da ponte do nariz até os zigomas. O Dr. Weisselmeister conclui:

"Seu santo portanto é São Sebastião. Junho – São Sebastião. Gosto muito desse santo, que não tinha medo de nada."

Dr. Róbson recupera o fôlego e vê desfazerem-se as pigmentações no rosto do juiz (na comarca do Dr. Weisselmeister, nesse instante um bairro todo desaparece). Explica ao companheiro que precisam ter cautela. E, por fim, a última condição:

"Dr. Alberto, não quero ensinar nada ao senhor, mas escute. O Doutor precisa lidar com Vladimir. E, antes que o senhor se incomode, saiba que apenas passo um recado. Está nas suas mãos. E quem me passou o recado quis também que eu lhe falasse: uma ordem de prisão é insuficiente. Tudo o que o senhor tem prometido... O senhor pode mais que isso. E me desculpe por ser assim, tão franco."

O juiz abre o dossiê e folheia os papéis. Guarda-os em sua pasta de couro. Veste a sobrecasaca, que chispa e se domestica na forma de seus ombros. Sai à rua sem se despedir e sente o frio, corcunda, esquálido, imenso, morder-lhe a ponta do nariz. Esfrega as mãos uma na outra, assopra-as em uma capela e, enquanto pensa em seu filho, na licitação da companhia elétrica, seu corpo se energiza, e por toda a extremidade da sua pele relâmpagos estalam os dedos.

Sermão de Esteves-Esteves em Nizete Rubens

"Sente-se, dona Nizete."

Esteves-Esteves está em sua cozinha. Nizete Rubens se senta e olha as frutas anabolizadas no balcão, as panelas penduradas; seus olhos passeiam pelos eletrodomésticos cromados, evitando os olhos do patrão.

"Preste atenção, dona Nizete", diz o banqueiro, de pé. Está de terno, camisa sem gravata, e sua mão tamborila na bancada. Moscas-de-fruta reverenciam um cacho de bananas em manadas voadoras, algumas desgarradas se unem, protestantes, orbitando em redor de olhos, congregando ajoelhadas no ar em torno de peludas narinas.

"Foi alguma coisa que eu fiz, seu Esteves?", indaga fingindo consternação Nizete Rubens, na realidade sem se importar, já antecipando com fastio o sermão a que se habituara nas escolas, e cuja finalidade talvez fosse prepará-la para momentos como este.

"Não se preocupe, dona Nizete. Nada disso. A senhora está há quantos anos conosco? Seis? Sete?"

"Vai dar três em março."

"Ah."

Tanto Nizete quanto Esteves abanam os mosquitos, que não se importam com as perseguições, os avisos, a morte exemplar de um ou outro e prosseguem em seu auto-de-fé. Passando à frente dos óculos do banqueiro desorganizam seu pensamento com o osciloscópio de seu voo. A empregada liga o ar-condicionado.

"Muito bem. A senhora conhece Jair Johnson?"

"Conheço Vladimir", responde Nizete Rubens, em cujo sorriso Esteves-Esteves julga notar um laivo de sarcasmo.

"Começamos com o pé errado. Mas o que esse Vladimir fez pela senhora? Se escondeu? Fugiu? Escafedeu-se?"

Ela percebe que o patrão não quer uma resposta, pois desabotoa uma casa da camisa, soltando o pescoço franzino e ameaçador.

"Começamos com o pé errado. Jair Johnson, veja... A senhora sabe o que é privatização?"

"Não senhor", responde, sabendo contudo o que significa.

"Alguns chamam de desestatização, ou desinvestimento. Acompanhe a trindade, dona Nizete. Desregulamentação, também, deve já haver conhecido a sua casa. A senhora foi visitada pela Palavra?"

"Me desculpe, seu Esteves – mas, eu fiz alguma coisa errada? Não estou entendendo."

"De modo nenhum. E sim, por outro lado. Seus gestos. Veja, a senhora precisa conhecer mais fundo a Palavra, para continuar a trabalhar conosco. Se a senhora achar complicado, basta seguir Jair Johnson. É mais fácil."

Nizete Rubens olha o ar-condicionado e percebe que algumas moscas já debandaram. Um grupo se recolhe reduzido perto da orelha de Esteves-Esteves, querem entrar em seu espírito como uma linguagem.

"Deixe nas nossas mãos, dona Nizete. Nas suas mãos. Siga as Leis que pregam a absoluta liberdade. No dia que cada um fizer aquilo que deseja, ouviremos enfim abrir os quatro ferrolhos da Verdade. Sem repressão, sem barreiras, sem oposição, o desejo de cada um seguindo seu curso natural nos levará ao Paraíso. No fundo de nosso Eu irreprimido, puro, está Deus. Concorreremos na paz perfeita de leões e cordeiros no privatizado Monte das Oliveiras; cada fruto da terra que provarmos terá o sabor do Mérito, em cada coisa fora de nós o sabor de nós mesmos; ninguém dará o peixe a ninguém e o peixe se dará em milagre dentro da nossa boca; o céu será percorrido por um sol-porsche puxado por setecentos e sessenta e um cavalos; você, dona Nizete, sentirá o êxtase de Santa Luzia ao tocar sua Ferrari, o banco de couro de um animal há dez mil anos sacrificado, e sentirá sobre seu corpo incorruptível um pentecostes de perfume; três dias após a morte do Orçamento, o Orçamento morrerá novamente; siga a trindade, e nossa culpa será terceirizada até que seus rastros desapareçam do cosmos, após o portão em que Hades pastoreia o Estado. O puro eu, perfeito, beatífico, de dona Nizete, está aguardando a dona Nizete de hoje. O mundo mínimo, para que dona Nizete seja do tamanho do mundo."

"Tudo o que eu quiser, o senhor disse?"

"Claro, não tão fácil. Não ainda. A privatização, dona Nizete. É preciso sonhar, sim, mas é também preciso começar com alguma coisa."

Um dos mosquitos, apenas um, venceu o frio e apesar de tudo entrou na narina de Nizete Rubens, em uma galáxia de pelos.

Espirros e relâmpagos

Um espirro é o resultado de um processo. Assim como mucosas esponjosas e vermelhas se irritam e se incham, com milhões de células inconformadas, e essa irritação prossegue em fervor até que o indivíduo alérgico tenha um espasmo neuronal e do espírito, tomando ar, para que enfim espirre e milhares de gotas redondas como planetas sejam expurgadas e flutuem em uma galáxia arbitrária, assim também a cidade inclina sua cabeça e inspira.

O calor extremo sem vento dá a insólita impressão, para quem como Laudemiro Costa olha as árvores imóveis pela janela do ônibus, de que o calor radical primeiro amoleceu, depois congelou todas as coisas. Essa tarde de sol é uma só longa prévia de espirro: a canícula eletrifica as ruas, o calçamento evapora o pouco que tem de água, uma energia azulada e cósmica se excita e se arrepia na superfície do solo – na superfície do calor amarelo a eletricidade azul – e toda a terra se prepara, como uma cabeça que vagarosamente se inclina, para o paroxismo da tempestade de relâmpagos.

Um nada, um pólen arrebentado, toca a rósea mucosa e eis que se dá uma inflamação, um estranho ressentimento da carne.

E ao longe, sobre a cidade, flanqueando o sol e entre a fuligem, surge a cicatriz de um relâmpago. E Laudemiro Costa, em um envergonhado relincho, espirra dentro do ônibus.

Ponha-se no seu lugar

"Jéssica?"

"Sim. Alô?"

"Jéssica, sou eu."

"Eu quem?"

"Jéssica, escuta. Eles estão falando de mim. De você."

"Vladimir? Onde você está?"

"Eles estão dizendo que estou podre. Que desde o princípio eu sempre quis o mal, o seu mal – porque sou podre."

"Vladimir, onde você está? Quero te ver."

"Você não quer. Acha que quer. Não quer, porque você acredita. Não acredite. Eu não estou podre: estou ferido.

"O que aconteceu? Te fizeram algum mal?"

"Todos. Me fizeram todos os males do mundo. Criaram males novos. Não se saciam... Não desligue."

"Não vou desligar. Você está machucado?"

"Eu não estou podre. É uma ferida, mas uma ferida nova."

"Você falou com Lázaro? Escuta, Vladimir, você me escute, agora. Há Lázaro, e ele pode ajudá-lo."

"Não acredito. Não creio em Lázaro. E, sabe por quê? Porque Lázaro está morto. Lázaro é o nome da minha única ferida."

"Você não está bem. Você consegue se escutar, consegue perceber?"

"Lázaro quer me convencer a uma ressurreição organizada. Sabe o que é essa ressurreição? É o outro nome da morte. Tenho raiva de Lázaro, mas antes de tudo tenho dó de Lázaro: ele anda por aí, só, perfumado e morto."

"Você deve procurá-lo."

"Eu o encontrei."

"..."

"Eu o encontrei e seu corpo – como explicar? Seu corpo é uma festa de feridas. Ele cheira bem, está perfumado, mas a verdade... A verdade é que foi sequestrado, roubado de seu direito de morrer. Lázaro agora é excessivamente ele próprio. Não tem mais mãe, irmãos, tias e, às noites, tem medo de dormir. Minha ferida nova, ela vem de Lázaro. É por Lázaro, agora, que fujo."

"Podemos nos encontrar?"

"Jéssica! Ah, Jéssica, como eu gostaria. Não há nada neste mundo que eu queira mais."

"Podemos nos encontrar no centro comercial... no *vernissage...*"

"Eu não irei. Não há nada que eu queira mais. Mas eu sei que seus sonhos são contra você. Quando você me encontrar, estará renovado o seu nojo. Estou ferido."

"Jamais! Me encontre, Vladimir, e tudo isso se desfará, de um instante para o outro. Feridas são feitas para a cura."

"Eu te repugno. Me desculpe, não queria falar assim. Mas sou Vladimir apenas à distância. De perto, eu não sou eu, mas algo muito mais distante."

"Não te acompanho, Vladimir, você delira. Você não está bem. Precisa de ajuda. Consigo sentir sua ferida, daqui."

"À distância, apenas. Porque minhas feridas à distância não têm cheiro. Sonhei mil vezes com Lázaro, mas prefiro permanecer morto."

"Você não está morto."

"Então, por que o nojo?"

"Eu não tenho nojo de você, Vladimir, pare com essa bobagem. Vamos nos encontrar, e tudo se desfará, de uma hora para a outra."

"Quando Lázaro voltou, todos quiseram ser Lázaro, e não Cristo. Lázaro tornou-se uma religião. E eu não professo essa humilhação. Quero te ver, mas, antes, tenho que limpar essa ferida."

"É grande, essa ferida? É má? É perversa, essa ferida?

"Sim. É uma ferida delinquente, ilegal. É uma fenda grande – está no meu corpo, por acaso, mas é uma fenda entre nós."

"Você sente dor?"

"Dor? Não havia pensado nisso. Não sinto dor, exatamente, por ela. Mas, sim: pelas coisas que não posso fazer e não posso desejar porque ela existe."

"Eu posso curá-la, se Lázaro não pode."

"Esqueça Lázaro."

"Eu posso curá-la, Vladimir. Venha. Ao centro comercial."

"Sim, você pode curá-la. Só você pode curá-la. Mas, se você a tocasse agora, se sentisse sua moleza, sua abertura flácida, seu amor se tornaria repugnância. Eu disse amor? Me perdoe..."

"Sim, amor."

"Disse, não? Me perdoe."

"Venha. Eu te espero. Tocarei sua ferida. Deitarei minha cabeça em sua ferida. Farei uma casa espaçosa, para morarmos em sua ferida."

"Eu não quero estar ferido, Jéssica. Você me ama por minha ferida, e se há alguém que possa curá-la, esse alguém não é você. É pela abertura em meu corpo que você quer desfazer-se do meu corpo."

"Não, jamais! Sua ferida me espanta, só isso."

"Minha ferida te seduz, te promete alegrias. Talvez apenas eu possa curá-la, eu e meu corpo, regenerado. Mas, chega disso. Estou começando a soar como Lázaro."

"Não há nada de mau em soar como Lázaro."

"É nesses momentos que tenho a certeza de que não deverei vê-la."

"Se não agora, ao menos saiba: eu te esperarei."

"Sim. Eu sei que isso é verdade. É verdade, porém não é honesto. É verdade, apesar de você."

"Não diga isso. Não seja desleal."

"Não sou desleal, não me acuse. Mas saiba que eu sonho com o dia do nosso reencontro."

"Eu também. Você sabe. Me conhece."

"Jura?"

"Vladimir... eu não sonho com outra coisa."

Na padaria, o Goleiro Velho

Na padaria, os esmaltes dos azulejos cintilam. Ramos azuis vêm de outro mundo, de um planeta albino e imaginário, sobem pelos azulejos com o mesmo método, com a mesma lasciva sugestão de rigor que leva ao êxtase os diamantes; emaranham-se – ramos azuis, folhas azuis cujos traços inacabados fazem vibrar ainda a ideia de um pincel – e sobem sempre, estampas de outra dimensão, folhas místicas, imbecis e paranormais. O atendente serve conhaque ao Goleiro Velho e movem-se: o refluxo enjoado da máquina de suco; os ventiladores de teto; dois liquidificadores histéricos, cuja má energia corre pelos fios e rói como cupim três linhas horizontais na imagem do televisor de tubo. "Esses filha da puta", diz o Goleiro Velho, a garganta em chamas, enquanto o atendente assente sem prosseguir o assunto.

Abacaxis-pérola estão amarrados em réstias ao lado do balcão – em cuja ilha vão e vêm os funcionários uniformizados, azuis; maçãs de viço quase irreal, espetaculares, o vermelho sardento, sonífero dos contos-de-fada; melões, mamões, bananas, e todas as frutas também picadas no serpentário de uma estufa de vidro, um abacate aberto e o caroço com o cinza-azulado das gemas cozidas de ovo.

"O senhor não concorda?", pergunta o atendente, trazendo um pão na chapa, amarelo, amassado e brilhante. "Não concorda com eles? Estão se organizando. Dizem que vão fazer um sindicato."

O Goleiro Velho vira o conhaque como prelúdio de seu argumento.

"Eu nunca precisei... Sempre fiz o que precisava ser feito. Com treze anos eu trabalhava. Com treze anos, fui humilhado como um adulto. Meu pai contava com alegria cada um dos meus erros: à noite, meu pai contava na mesa da cozinha seu dinheiro, que era pouco, e meus pecados, que eram muitos. Quer dizer que me destruíram para que todas as outras gerações fossem salvas? Aquela não era a verdade, e estão erradas as fundações do meu mundo? Pois do buraco onde enterrei aquela dor eu a arranco, e a ponho estrangulada, de pé no quarto do meu inimigo! Saiba você, que é novo, que a dor foi feita para ecoar, para vibrando ir tremer a última água do último dia! Será difícil entender que o meu sofrimento foi uma forma de explicação, até as raízes e folhas da própria natureza? Mas saiba também que eu sou grato, a eles todos, ao sindicato deles. Porque eu não sabia que havia tanta justiça dentro de mim, e eu arrancarei, do miolo de um passado mais velho que esse país, toda a coletividade e todo o sindicato concentrado em uma cinta, com a qual enforco a vontade dos outros. Eu jogava futebol e não ganhava o suficiente, e então trabalhava à noite. Ai de mim se ficasse com sono. E se tem algo que não tolero, que aprendi a não tolerar, é o sono dos outros. Meu sonho ainda é morrer trabalhando, para que trabalhando eu vá até as portas do inferno."

"Se o senhor está dizendo", responde o atendente, cansado, olhando uma tábua, uma faca, uma maçã cortada ao meio.

Seguindo o painel de azulejos azuis, que flutuam em seu delírio de cianureto, chega-se aos banheiros; as paredes são de cimento, reboco, tijolos, a luz é fraca; outra porta leva à despensa, atulhada de caixas vermelhas e amarelas de cerveja; desce-se uma escada, e ali estão, no escuro e de costas uma para a outra, as Gêmeas; dão-se as mãos, sentadas e encarando o chão. Sobre elas, um imenso abutre, empoleirado nos ombros, escorregando das cabeças, machucando com seus pés de unhas triplas os tendões do pescoço; respira, abre as asas, e logo as fecha; lhes come com serenidade os cabelos azuis, que não param de crescer.

No centro da Várzea dos Automóveis

Um cosmos cansado. Uma área em que há plantas, insetos e cinco montanhas. Seres vêm migrando de outros mundos, bebem água nos vales e prosseguem viagem. A árvore central, o ipê-roxo, toca com suas raízes a subrealidade; com os galhos e a última flor, experimenta a lâmina superior, onde são feitas as criaturas com asas.

Um cosmos cansado, onde a Arte se esgota e começa a produzir desertos, em um beco de sua própria imaginação. Lâminas em que copistas trabalham e errando inventam um macaco – com um borrão de nanquim em seu coração. Com uma leve mutação, uma palavra tem um acento subtraído e surge outro significado; ilegíveis no plano original (será o plano original?), não se pode perder tempo em decodificações exageradas, e o copista presume o que lhe parece mais aceitável – e então surgem incisivos imensos e amarelados na pequena boca de um roedor. Na lâmina inferior, um desses trabalhadores, talvez por puro tédio, coloca asas em uma ema; chupando o mindinho de uma raiz, como quem chupa os próprios cabelos, com uma confusão e um tremor diabéticos, um deles inventa um pênis na virilha de um canário. No submundo do orgânico, com caligrafias góticas, surgem aminoácidos que se unem – cabeças de pássaro e corpos de homem – em uma série que em seu infinito tédio espera por um erro, por uma cabeça verde no corpo fuselado de um mosquito. Na cela monástica das Leis Naturais, um monge ri de nervoso, sem que ninguém saiba o porquê.

Na área em que há plantas, insetos e cinco montanhas, e em cujo centro está o ipê, passam seres ainda não catalogados para sua aventura migratória; cansados das brigas em suas esferas, seguem caminho e experimentam a erva da Várzea dos Automóveis; mas devem prosseguir, e se desfazem para voar, nas mentes uma ideia monolítica, monádica, teísta e trêmula de um ovo.

Os copistas dessa lâmina sentem no ar esse cheiro estranho, radical, de flamingos, e distraídos invertem as ordens de suas quadrifônicas ladainhas – A, T, C e G – enquanto uma de suas criações mais inconsequentes, o macaco cujas brincadeiras estão sempre empenadas em direção ao horror (nas bocas chicletes de frutas e as mãos cheias de dinheiro), abocanha e rói com os incisivos amarelos de sua imaginação a outra ponta da corda, para que desfazendo a partir do outro extremo esse tratado subterrâneo chegue aos copistas e possa submetê-los, subjugá-los a seu próprio delírio (são poucos os que chegam, mas trazem a autorização de muitos); ali, nas cozinhas desse monastério, substituirão o legado quadrifônico e gregoriano por ideias sagazes, alfabetos complexos, morfemas de duas cabeças e uma única espinha, e colhendo ideias de outras lâminas fabricarão polímeros, plástico, orelhas híbridas, cimento, um trator que horroriza os copistas-escravos; e traficando da lâmina em que são criadas as estrelas a ideia de uma energia desenfreada, num riso frenético explodem a abadia, e tudo recomeça.

Um cosmos cansado da repetição faz o homem, que resulta em mais uma das tediosas, repetitivas, ordinárias explosões atômicas.

O passeio de Manoela Bopp Molina

A cadeira-de-rodas roda pelo corredor escuro. As paredes de pedra têm tapeçarias gobelinas, quadros. De um deles, vê-se São Jerônimo frente a um leão[4].

Manoela Bopp Molina segue na cadeira-de-rodas elétrica e é iluminada por tochas atarraxadas às paredes. Um criado guarda a porta ao final do corredor.

"Quem é você?", pergunta Manoela, a meia voz.

"Sou seu criado, Uedelson."

"Ah, muito bem, Ueldesson. Como vai a família? Você tem família?"

"Bem, senhora. Graças a Deus", e lhe perguntando se deseja entrar abre a grande porta de duas folhas, que é novamente fechada após sua passagem.

Manoela Bopp Molina está na sala de jantar, de madeira e pedras. A lareira está acesa. Ela se aproxima e, na escuridão, iluminam-se as carnosas verrugas de seu rosto. Metade de sua boca se abre e ela fala, olhando o fogo, com o sotaque de sua enfermidade:

"Mais barcos. Enchê-los de caixas. A onda cor de tabaco volta ao oceano com um deus entre seus caranguejos. Como é difícil e como mudamos ao fazer sempre o mesmo trabalho... Com metade do meu corpo seguro a noite; o plantão, a moenda, o Sul e o Norte equilibrados sobre o ombro paralítico. Do centro do mar sobe às nuvens a cascavel

[4] O santo está frente ao leão, mas sua atenção não poderia estar mais distante. Está agachado, um dos braços estendido. Faz força descomunal, o que lhe acentua os músculos do ombro ao antebraço. O corpo, atlético, se enrijece como que para expulsar não exatamente uma culpa, mas um ódio sincero por si mesmo. O que choca, contudo, não é o corpo saudável de um santo jejuador, mas o contraste com sua cabeça: careca, olhos fundos, lábios sem vida, é a cabeça de um cadáver – vivo. O pensamento do lado da morte, o corpo do lado da vida, acentua-se a existência de uma unidade conflagrada; saúde e decomposição se unem neste hipogrifo católico; os animais, e assim o leão ou sua formulação pagã com cabeça de águia, são desnecessários, obsoletos; divino e bestial se conjugam e a cabeça, pequena, é metade da alma, aquela responsável por navegar no reino dos mortos. Já quase se pode prefigurar a autonomia desse crânio, cujo grito será ele próprio uma sintética quimera – a divisão cujo resultado será zero, metade busca pelo pânico animal, metade busca pela consolação do pânico que ao menos acuse um traço de transcendência. E como prefiguração, São Jerônimo no Quadro exclama: o que é esse estranho som interrogativo contido no grito?

do consenso. Como poderei estar errada, se fundo minha cosmologia na amizade, no amor entre os pares? Para atravessar um deserto, é preciso criá-lo. Lázaro na primeira página, arrancado da terra como um minério."

Sem se levantar, apenas abrindo as pálpebras, o grande mastim cinzento suspira ao lado da lareira. O corpo de Manuela Bopp Molina se tensiona; sua mão segura firme o braço da cadeira; seu olho direito se abre, redondo, enquanto o esquerdo se mantém semicerrado; sua narina direita se expande e metade de sua boca expõe os dentes podres. De pulmões desbalanceados surge o grito, a sônica caravana que preenche cada uma das frestas de norte a sul na Várzea dos Automóveis. As orelhas do mastim se erguem, e caem pela força do hábito.

Jericó brilhando por trás do fogo

Uma falange dos 32 de Março passa arrasando a rua, destruindo pequenos comércios e preservando as vidraças dos bancos. Cantam com ferocidade: "São as águas de março fechando o verão/ é promessa de vida no meu coração" e, com o punho fechado no alto: "É 32 de Março, é 32 de Março – Eles não passarão!"

A confusão parece acompanhar o calor. Multidões de todos os espectros políticos afluem às ruas em chamas. O sol, com sua bruta serra mármore e sua circular funda de luz, ataca a Várzea dos Automóveis; qualquer faísca é encorajada; as paredes, o madeiramento, o matagal dos numerosos terrenos abandonados sentem um formigamento; é engraçado, de início; uma cócega na superfície da matéria começa a convencê-la para a dissolução, para entregar-se ao exterior ilimitado e se devotar ao riso, até que seja só riso sem corpo; e assim a faísca, saindo do formigueiro do sol, percorre as ruas, passa pelas casas, inspeciona as fiações, morde, e nas reservas florestais sai conjurada da mão de um homem e belisca os pés da matéria, louca por transformação. Por todos os lados, vê-se a torta fórmica das chamas e os cupinzais de fogo inventando no céu de noite total alguns crepúsculos rubros, verdes, disfuncionais. Em um setor do Bairro das Garateias – não mais que cinco ruas – decreta-se o fim dos impostos e a absoluta e indevassável solidariedade universal; um batalhão de mulheres fecha a rua com um rastilho, um arrepiado períneo de fogo; alguém, no centro da cidade, não suportando o calor empunha o revólver e dá um tiro em direção ao sol.

Das janelas dos prédios ouvem-se palavrões gritados a toda força. Parte das forças policiais organiza estupros em série nas delegacias; ao lado, um menino gay é crucificado em um poste de luz. Fumaça, sirenes, gritaria são vistas e ouvidas nos aparelhos celulares; os algoritmos, como pequenos generais de cujo meio se aguarda um Napoleão – de pesadelo, um Napoleão sem face – lutam e tentam organizar suas forças. Um imenso muro cai, lentamente, mas quando atinge o solo sobe aos céus o seu fantasma de pó.

Alguém passa dois dedos nas cinzas que restaram da Casa da Moeda e faz um curativo no rosto de seu amigo.

Bebe-se muito, celebra-se muito, ouvem-se cantos e choro.

Abaixo de todas as manchetes, lê-se que a companhia de águas determina o aumento do preço de suas tarifas.

Antonio Tigre, escravizado de Dona Mariana Reyes

Um escravizado, chamado de Antonio Tigre, carrega sobre a cabeça um balde de excrementos. "A mando de quem", pergunta-lhe um homem barbado, sujo e descalço. "Dona Mariana Reyes", responde Antonio Tigre, a quem é permitida a passagem.

Despeja os excrementos no mar. Faz o caminho de volta por uma picada no mato, vence algumas escarpas de pedra para que possa descansar por um instante no meio das árvores, de onde pode ver a orla.

A água avança e volta. Explode nas pedras, seu vapor arranca do ar a confissão de um arco-íris. Um navio desaparece no horizonte carregado com tonéis de aguardente e debaixo d'água o críptico e solitário museu de um naufrágio, que o mar vai consagrando com mantas de corais, mariscos, paetês verdes, algas como casacos de pele em adeus a tubarões com coroas nas bocas. Na indústria do oceano, abrem-se e fecham-se as guelras, feito teares mecânicos, e peixes com pressa levantam poeira e aos beijos dividem o corpo de um capitão.

Antonio Tigre olha o horizonte. Vê o sangue cinzento do mar, as ondas levantando e derrubando capelas em sua circulação furiosa. Da mata chegam as moscas a investigar sua cabeça, os borrachudos pequenos e bárbaros a beber do seu sangue. Vai à praia, limpa o balde e o corpo. Antes de voltar, encara o oceano:

"Grande senhor do mundo, quando foi que se apequenou? Quando, coroado, rei, resolveste beber do meu sangue como uma mosca? Deus traficante, que bebe a verdade de dentro das igrejas desta terra, cujo feitiço em latim me arranca um a um todos os dentes, vendeste a tua alma para fazer feliz o pior dos homens? Eu, o Tigre, demando que saia e dê lugar à deusa, que está aqui, dentro de mim, de azul, arrancando seus filhos da lama. Ela não tem caveira, é mais bonita que a água, e come só o perfume das frutas. Você, comendo ouro, virou-se ao avesso em uma estrada de vento, toca a frota e pastoreia tubarões, e por sua causa Noé está bêbado para sempre. Ela nos afunda, em toda a sua misericórdia. Pega essa terra e a arrasa, fecha-a inteira em um caixão de concha, ou dá lugar dentro da tua cauda – serpente para sempre insatisfeita

– à senhora das águas, que em um canto quase esquecido do universo, molhada, na sombra fria, mastiga as nossas flores sem alívio. E não me comovem as tuas ondas. Você se arrebenta, aqui, para os meus olhos, como se se arrependesse, mas eu conheço a tua fome de ouro, como o barco vai deixando seu rastro de sangue que atormenta a Criação, inundada de pedaços de homens que há pouco saíram de um jardim – este teu jardim de ondas está estragado, dentro de um espelho; e o focinho das criaturas está viscoso com o meu açúcar e o meu sangue, os seres embriagados, por sua culpa confundindo carnificina com milagre. Mas eu sou o Tigre, e devoro o senhor sem misericórdia, a paternidade dos teus padres, tua prole de doze irmãos capatazes. Me aguarde, que comerei o teu mar pela barriga, em um só lance de patas virarei o oceano de costas e comerei sua coxa, quando camarões e polvos secarem debaixo do firmamento, e do vão aberto do teu sangue chegará a deusa, tonta de pétalas, fresca, de seio machucado, e o sal do mar quebrará ao meio como a cana-de-açúcar. Pagarão cada um dos teus leões submarinos, e canoas flutuarão em tua água em paz. Iemanjá pisará na tua boca, e Nossa Senhora do Rosário pisará tua outra boca, e tua terceira boca ficará em silêncio para sempre. Eu sou Antonio Tigre", e se retira, para o trabalho, para esperar pelos próximos séculos.

Chorando o leite derramado

Nizete Rubens passa pano nos móveis e nos ornamentos da sala, com cuidado e temor. Passa um feltro umedecido no vaso, na cristaleira, em cada taça e evita os quadros, limpos mensalmente por um especialista. Enquanto trabalha, vê Esteves-Esteves indo da sala ao quarto, à cozinha, ao banheiro, ao escritório, à área da piscina e de volta à sala.

Esteves-Esteves come presunto copa. Esteves-Esteves telefona – sua voz muda de tom e adquire um rictus grave. Esteves-Esteves vai à piscina e faz outro telefonema. Volta à sala e consulta o computador. Esteves-Esteves come uvas sem caroço. Liga a televisão e assiste a uma audiência no senado. Esteves-Esteves grita no telefone.

Nizete Rubens o acompanha. E de repente o vê: no sofá extenso, almofadado, sob a lufada servil do ar-condicionado, acolchoado por travesseiros, tapetes, quadros, imagens, vozes suavemente temerosas vindas do telefone; Esteves-Esteves está ali, à sua frente: a cabeça quase careca, como um bebê, chutando o ar, pedindo, reclamando, ordenando como um bebê, os braços gordinhos e sem pelos, as mãos moles, rechonchudinhas, a barriga estufada para o alto e as costas no sofá como um pobre inseto, mexendo as mãos e os pés alternadamente, gritando, pedindo, mandando – mais e mais, pedindo aos amigos, aos conhecidos, aos subalternos, à cidade, ao país, ao planeta, à sua imensa mãe sem seio – leite, mais leite, mais e mais e mais leite, até que sua boca de bebê se abra e o sino sangrento da amígdala badale, um grito que faz vibrar o vidro das paredes da sala e a flor da água da piscina, e sua boca vai cada vez mais se parecendo a um seio dentado – um bebê careca, morno, suado, desconfortável no mundo e no próprio corpo, pedindo *agora* o leite que já bebeu, e que não pode mais retornar. "Meu leite, meu leitinho" exclama, entre três gritos de manha, e repete, "meu leite, eu quero", e mil vacas são abatidas no pasto e todo o estoque regulador do país desaparece, e Esteves-Esteves grita "já, já, meu leitinho", e cai um presidente, e surge uma lei nova, um programa de Refis, criam-se campanhas publicitárias, alguém corre de berço em berço buscando algo que aplaque o grito esplêndido, e tenta-se vender uma companhia de água, uma companhia elétrica, vende-se petróleo e ele grita "é leite! é leite o que eu quelo", e mais duas dúzias de milhares de vacas são abatidas antes da hora, e muda-se o câmbio, projeta-se uma reforma nos ministérios, na previdência, mas o leite original não pode chegar, ninguém o encontra; e telefonam, mandam mensagens, entram em contato com a bolsa de valores, reviram, olham debaixo das pedras das ações, jogam algumas para o alto, no afã desesperado deixam despencar outras – e ele parece que vai parar de chorar, mas logo um novo grito, "leite!", e revira-se a terra, faz-se um buraco no centro do país – não há leite – os especialistas em economia mostram-lhe artigos – "olha aqui, aqui – isso!" – e um ministro, sem mais saber o que fazer, lhe telefona e diz "tenho leite", e ele grita "não é o leite, é pouco leite, não quero leite" e suas perninhas se mexem, o peitinho suado, com cordões de sujeira e suor, arfa, seu rostinho vai ficando roxo, joga longe tudo o que está a seu alcance, e que não é o seio de sua mãe, que há muito morreu, e escorrem lágrimas pelas orelhas, molham-se seus poucos cabelos ralos, sua frágil moleira se aquece, e um grito por leite ecoa até chegar a uma mesa de acionistas majoritários, que vão pouco a pouco se convertendo eles também em bebês amolecidos, que choram juntos em uníssono, até que suas babás cheguem com os jornais do dia e assoem com muito cuidado – "que feio", dizem – seus narizes que escorrem, formando bolhas.

Nizete Rubens termina a limpeza dos badulaques e bibelôs da sala. Olha uma última vez Esteves-Esteves, que agora recebe seu filho. "Senta, filhão", diz, enquanto lhe aponta algo na tela do computador. "Senta. Isso. Tem uma coisa muito importante que o papai quer te ensinar. Uma amiga nossa está chegando, de muito longe, uma amiga do papai, uma pessoa muito importante..." E Nizete Rubens vai à cozinha, porque não aguenta mais.

O Velho sobe as escadas

"Eu não quero morrer. Tenho medo de que seja como o primeiro dia da escola, tudo de novo. Que mão poderei segurar? Quem será meu amigo, entre os que estão mortos, barrigas quebradas pelo tempo? Não quero encontrar a minha sala dentro da morte, não quero. Não confio que o silêncio seja menos estranho que a vida. Baterá o sinal para a primeira aula da morte, e onde estarei, sem amigos? Tenho febre, meu corpo é vivo – não irei", e o Velho vomita ao pé da escada.

"Quais os brinquedos macabros, maus e coloridos que me esperam?"

O Velho sobe as escadas, depois da porta cortafogo. A cada lance, acende-se a luz de emergência, xucra, amarela, com um estalo.

O Velho sobe com leveza os primeiros lances. Alguém desce e eles se viram – face a face – e se esquecem para sempre. A cada lance, as escadas exigem mais.

As pernas doem. O coração acelera. Sai do corpo um calor amarelo, vermelho, alaranjado que as escadas devoram. O Velho segura o corrimão e agora pode olhar para cima. Vê, contudo, apenas os próximos lances metálicos, mas pode esquecer o próprio corpo – segurando o corrimão, como se as escadas lhe dessem uma mão amiga e morta, esquece-se de si e pensa no último andar – "Eu chegarei lá". Plano sobre plano sobre plano, os lances o fazem subir a montanha do edifício de modo horizontal; vão, aos poucos, com vigor, comendo seu cansaço, seu corpo, sua língua, sua sede. A escada cria no rosto do Velho um buço de esmeraldas, cria e desmancha cristais em seu peito. Quando chega aos últimos andares, sente o ímpeto de livrar-se do corpo que o levou até ali. Abraça os joelhos, se ergue, abre a última porta cortafogo: está no topo e o vento lhe penteia de pronto os cabelos, como uma mãe louca.

"Ah, Várzea dos Automóveis", diz, arfante, vendo os focos de fogo e as telhas ruivas. "Será isso? De tão cansada, você quer nascer?", e suspira.

O Velho ri e olha a cidade, lacrimejando. Limpa o suor da testa.

"Quais os brinquedos macabros, maus e coloridos que te esperam?"

Parte V

QUARTO SELO: O LIVRO É ENGOLIDO E TORNAM-SE ESCURAS AS LUZES, AS NOITES DA NOITE.

QUIROGA

O terror de voltar para casa

Lélia Silva Raia volta para casa do serviço tomando o cuidado de desviar dos focos de violência. Não há ônibus, desde as 3 horas da tarde. Pessoas correm. Um mercado é saqueado, um homem ri e corre, debaixo dos braços as duas pesadas asas de sacos de 5 kg de arroz. Alguém nina nos braços um amontoado de carne, outro carrega panetones, bolachas, um caminhãozinho de plástico empoeirado. Lélia desvia para o outro lado da calçada e segue seu caminho. Não há motoristas por aplicativo e é preciso ir para casa.

Lélia Raia apressa o passo. Seus filhos estão sós. Ela pressente que ao final de terremotos como esse, não importando por quais razões ocorreu e quem o inflamou, seu bairro será punido exemplarmente. Haverá invasões nas casas, durante a noite surgirão marcas nas soleiras das portas, corpos aparecerão nos becos de braços abertos, pernas abertas, abraçando a terra. Ela sabe que o sangue que sai dos corpos entra nos sonhos, com moscas verdes e um detalhe qualquer que esponjosamente capta em redor, e lá coagula. Quando a vida normaliza, a dor permanece, com ritmo próprio.

Lélia Silva Raia aperta o passo e reza: "Senhor, me perdoa. Percebe que lembro de todos os meus erros, de tal maneira que aumento minha culpa, para oferecê-la em teu altar? Potencializo pequenas faltas, me humilho, rebaixo, para que do outro lado do espelho tua figura se engrandeça e possa ser capaz de misericórdia. Senhor, você é o meu oposto. Faço-me diabólica para que possa ser santo; faço-me inconsciente pela tua onisciência, temerosa pela tua coragem. Faço-me pura, agora, para que possas, puro, te conspurcar com meus problemas. Sei agora com toda minha força que não posso errar; que meu erro poderá induzir horror, que pensar blasfêmias trará a morte – isso tudo para que a presença do erro possa tornar concebível o milagre da tua bondade, porque é pela fenda da falha que se vê o perfeito, pela cicatriz que se chega à fenda, ao golpe, à luz do primeiro corpo e do corpo incorruptível. Minha dor é igual à tua paz, meu medo à tua calma, e se produzo dor na minha carne é para que crie felicidade. Grito pelo teu silêncio, esperando que tenhas predileção por criar Paraísos, e sei que ser igual é ser a seu modo invertido. Mas, perdão! Te darei agora minha felicidade futura, para que possas anular o tormento. É suficiente? Penhoro a alegria no teu altar. Dou-te o meu braço, para que o teu braço não se levante. Sou mãe, e o que é que o Senhor sabe sobre isso? Tudo! Toma a minha vida e entrega a vida, minha morte – que será a eterna imobilidade – para que nada se mova. Mastiga a minha vida e dá de comer aos meus filhos. Negocia comigo! Estou disposta a tudo, a todos os crimes – o Senhor vê? Pede o que quiser, para me entregar o que peço. Pede o que está ao meu alcance ou pede o impossível; diga-me: 'Arranca a pedra que orienta o mundo, tira do centro do escuro a pedra que ficou morna na mão de Caim', diga, que eu te obedecerei. Sou capaz de te dar o que não posso, basta que peça. Mas como é difícil e terrível negociar com o Ser e o Silêncio. Te dou a minha casa, a minha cama, te dou a minha fé e com ela as palavras da minha língua; posso limpar para o Senhor a mesa em que cria terremotos, serei o calço que a equilibra; enxaguarei o sangue na casa do Deus da guerra. Me peça, imploro que me peça o impossível, mas não me peça *isso*. Não pronuncio, pois tua igualdade é furor. E quem pode saber os teus desígnios, saber se não saltas do oposto ao idêntico com a facilidade com que crias o gelo abrasante, a tempestade, o orgulhoso vigor da exaustão? Se é *isso* o que não falo – será *isso* o que tu queres? Pede-me o impossível! Não, não me conheça assim tão bem! Não tenha essa horrível ciência de que somente *isso* é o impossível, de que minha soberba em tornar todas as coisas alcançáveis apenas ajudou a isolar no inegociável exclusivamente aquilo que agora pede! Me peça tudo, tudo! Veja que não posso trocar uma coisa por ela mesma, tenha somente essa misericórdia, não destrua a minha inteligência – tua criação – com essa álgebra feroz. Sim, eu sinto, sei que novamente fazes sentido, e pressinto que estás confortável no absurdo. Se te der não uma, não duas, mas todas as outras coisas menos *isso*, será suficiente? Será... igual? Senhor, não farejes assim o impossível, que minha fé poderá se esvair. Não torne coincidente o impossível e o inegociável. 'Tudo é possível para aquele que crê', será essa minha maldição? Se minhas súplicas só trouxerem o terror, então qual o sentido de falar contigo? Farei silêncio, e todos imaginarão em erro que serei uma mulher de fé. Não! Mas eu te peço, em nome da tua bondade; clamo por uma única coisa, e então eu terei tudo; quero arrancar da tua Criação um *isso*, um item, sem perturbar a tua totalidade. E então seremos tudo: eu, pequena, humilde, com as duas mãos ocupadas com um objeto só; e você, em sua solta ferocidade, em sua bondade abominável, colecionando universos. Porque se uma pequena lacuna for igual ao oceano que a cerca, então estaremos perdidos; teimosos, em busca da totalidade, para sempre desproporcionalmente incomodados arrasaremos toda a Criação para dar sossego por um pássaro extraviado. É a tua própria perfeição que agora corre risco. Vamos, negocia. Fale, se preciso for, com os meus olhos (com o céu, com aquele que passa) ou com a minha língua. Traz à tona a páscoa que é o teu coração. Porque se o Senhor decidir que quer somente aquilo que me é caro, então – quem poderá pará-lo – o terá, mas não terá jamais a mim. E assim prosseguirá a deficiência congênere da tua obra, que apontará para a deficiência congênere do teu caráter. Me perdoa! Fala, antes que... porque quanto mais falo, mais torno impossível aquilo que quero. Aquilo que deve ser. Senhor, que é humilde e pequeno, contra a imensidão dos meus pecados. Não vê, querendo igualdade, a desigualdade da tua luta? Sai de cena, Senhor, eu imploro, para que possa negociar com as forças da natureza, com a maldade dos homens, deixa-me com os fenômenos. Aquilo que deve ser, sem que entres na equação."

E durante duas horas Lélia Silva Raia caminha, e conversa com Deus.

O Trenzinho no Bairro das Garateias

Gláucio Sparrow dirige o Trenzinho, de propriedade do Imenso, e deixa que Wagner Pelúcia entre sem pagar. Ele se senta ao fundo, tímido, deslumbrado.

O Trenzinho é um caminhão enfeitado: com neons, chifres, grafitagem, o som tocando funk em volume alto. Na rotatória do bairro das Garateias chegam jovens bem penteados, cheirosos, crianças arrumadas para um baile veicular, pais que acompanham crianças, que comem lanche, a observar a aproximação e o lento estacionar da nau dos insensatos, em que logo eles também embarcarão.

O bairro está em êxtase. Meninos de bicicleta sobem as guias, empinam, enxameiam por todas os lados, pedalam sem usar as mãos, eretos e segurando os cotovelos como monges da cintura para cima, como sambistas dos quadris para baixo. Meninas, em grupo, se aproximam e nos risos pode-se perceber aqui e ali a janela de um dente-de-leite recém extraído. Chapinha, gel em topetes secos, afros florescendo, meninos com brincos na orelha esquerda, casais chegando abraçados – Orfeu e Eurídice em cima de motos – e a lua ancestral solta nuvens de fumaça preta sobre arcos de brilho branco, um caminhão enfeitado em chifre e neon e o desregulado diesel da noite. Adolescentes trazem uma beberagem de vodca e suco mal escondida em garrafas de refrigerante, preparando-se para um ritual exigente, cruel, repetido e imprevisível, da iniciação no amor – os pingentes e tatuagens com crucifixos e Cristos arrebentados pela paixão não contribuem em tornar o amor menos doloroso.

A carroceria do Trenzinho treme pelo poder dos sons graves. Os jovens sobem os degraus e pisam no chão de lata, prensado com inúmeras e diminutas *hashtags* em alto relevo. Luzes estroboscópicas giram em epilepsia algorítmica; Wagner Pelúcia assiste a tudo sentado, em silêncio, a cabeça levemente projetada adiante com a ternura de certas insanidades. Lá fora, prepostos do Trenzinho: a infantaria de dançarinos com terríveis cabeças de fibra de vidro, personagens arrancados das histórias pretensamente infantis, e que aqui surgem como o que são, absurdas, de olhar morto, máscaras neolíticas de divindades impessoais e vivas como o dinheiro em espécie; Mônica, Cebolinha, Cuca arrancada das narrativas indígenas vagando de boca aberta, Power Rangers com corpos de elastano e cabeças espaciais, um Homem-aranha impotente e corajoso subindo o poste e acenando ao lado do transformador de alta-tensão. E todos dançam, talentosos, embriagados, xamânicos; alegres e diabólicos, mexem com os passantes, tentam os retraídos; os obrigam à dança: ninguém ficará de fora do Grande Êxtase. A fumaça sai grossa e fuliginosa dos escapamentos do Trenzinho, cuja buzina de navio anuncia a partida. As pessoas em fila pagam ao cobrador como no ônibus diário e sobem, juntam-se a seus grupos. Uma última buzina, e o Trenzinho sai, lento, grande, a nau pintada com todas as cores e brilhando, deslizando com a lentidão das serpentes pelos subúrbios e abrindo as touceiras da Várzea dos Automóveis.

Os tripulantes dançam e namoram; brincam com os transeuntes, atiçam e são atiçados pela trupe de dançarinos. Motoristas travados nesse engarrafamento fantástico fazem não com a cabeça e de seus lábios surge um desenho de nojo. Não compreendem esse carro alegórico à deriva, perdido na realidade do dia de trabalho, um ramo do carnaval que se desprendeu, o *spin-off* descontrolado e monomaníaco de um eterno fevereiro. Wagner Pelúcia olha quieto e sorridente as casas e os prédios. Ri de uma estrepolia dos atléticos heróis, cuja natureza falsamente trágica aqui renasce com o poder crítico da blasfêmia, ri de suas zombarias felizes e de seu carnaval noturno, que põe a cidade de ponta-cabeça.

Wagner Pelúcia e Gláucio Sparrow, e todos os tripulantes, se divertem enquanto a cidade se envergonha. E o Trenzinho passa iluminado e sonoro e, assim, rua a rua, bairro a bairro, a Várzea dos Automóveis vai se tornando tímida, besta, pueril. A Várzea dos Automóveis vê passar a nau dos insensatos e se olha no espelho; sente-se insuficiente, feia, despreparada para o amor.

Hidroginástica no Clube do Comércio

Sacolejando, o ônibus passa mal-humorado pelo bairro dos Hibiscos. Alguém se levanta do assento e, tomado pelo espírito do Rei Artur, depois de muito pensar toma ímpeto e tenta abrir a janela: emperrada. Volta a se sentar, sentindo um fogo sanguíneo lhe subir pelas orelhas. O coletivo chega ao Clube do Comércio e ali desova um pequeno grupo de senhoras idosas.

Passam pela fresca combinação de árvores e calçamento cinza, e são recebidas por uma curta chuva de flores. Riem. Em seus corações, um frisson de pura alegria.

A sessão de hidroginástica as espera. Trocadas, são como peixes maravilhosos e míticos: maiôs coloridos, ou negros como gralhas azuis, braços e pernas e pescoços serigrafados pelo tempo, carne represada e de repente livre, na cabeça um quipá elástico. Braços de nuvens, cumulonimbus com o temporal de uma veia estourada; um ombro em cuja pele escura a juventude, querendo ficar, deixou marcadas em estrias o sulco de suas seis unhas, ao se precipitar para dentro da memória. Entram na piscina.

Fazem movimentos comicamente lentos. A voz da instrutora se multiplica no eco, "um, dois, é isso; um dois, vamos lá". O ar cheira a cloro, quimicamente paradisíaco, sobre o azul da piscina um vapor confuso se enovela e sobe. Enquanto uma repete os exercícios com disciplina, outra aproveita para um curto nado parado, a água tentando entrar pelo nariz e as bochechas cheias de tocador de trombone. Correm devagar, saltam como crianças na lua, compreendem que a velhice não lhes pertence – é uma ilusão, uma demência da força da gravidade.

Fechadas em uma individualidade provisória pelos ouvidos entupidos, olham umas para as outras e riem, dando tapas nas próprias cabeças. O relógio esquecido no pulso subitamente para. A dor na articulação do joelho vai embora aos poucos, desocupa o lugar da esperança.

Recuando, a área da piscina vai pouco a pouco parecendo um frasco, um tubo de ensaio azul. Desaparecem as Guinevères, as Vênus de Willendorf, as Ofélias vivas nadando de costas. Desaparecem os azulejos feitos em fogo, luzindo no ciano da água.

À porta, um segurança cochila sentado em sua banqueta. Sobre a sua cabeça, o Clube do Comércio convida com uma faixa seus sócios e sócias da "melhor idade": a imagem de uma senhora sorrindo, anônima, emperrada, embalsamada pela fotografia.

Laudemiro Costa e Wagner Pelúcia tomam uma

Laudemiro Costa e Wagner Pelúcia estão no bar, na calçada. Wagner Pelúcia bebe e devolve o copo à mesa de metal. Seus pés vão aos poucos formando uma borra de suor e terra; formam-se nos peitos dos pés barrosas insígnias em V.

Há nuvens densas, apesar do calor. Laudemiro pergunta por que o amigo abandonou o "trecho", a vida nas estradas.

"Porque eu vi a árvore, o rio, e o homem morto que vivia", e Wagner passa a mão nos cabelos ralos como barba, falhos nos diversos pontos onde cicatrizes lembram as tantas vezes em que a morte tentou entrar-lhe na cabeça. "Com certeza", responde Laudemiro.

E eles bebem sem comer – para preservar certo vínculo com o sonho – e é a vez de Wagner Pelúcia buscar a próxima. Sobe o degrau e entra no bar sombrio, conquanto calmo: chão de vermelhão, limpo a creolina, balcão de fórmica verde, batatas fritas em saquinhos grampeados ao lado de um filtro de barro. Um senhor muito velho e conhecido abre a cerveja devagar, sob a pressão de um tempo inverso, cuja pesada seta aponta para o passado – o tempo da ressaca e dos remorsos. Wagner Pelúcia espera constrangido, olha as telhas de barro e a lâmpada pendurada pelos fios, fixa-se na televisão em volume baixo. Há ali um ar doméstico e ao mesmo tempo público, como o de um velório feito em casa; há um silêncio feito de contradições que por um instante se acomodaram, um gato dormindo nas costas de um cachorro, e nas paredes há pôsteres de mulheres de biquíni segurando garrafas e um nicho para Nossa Senhora Aparecida. As janelas estão quebradas há cinquenta anos e é assim que separam melhor o bar do resto do mundo. Ao passar pela televisão, Wagner Pelúcia nota uma pixelagem, uma desordem súbita no sinal da novela da tarde, e os personagens desaparecem em um vórtice quadrado: "*no signal*".

Voltando a se sentar e tirando os chinelos, notando as marcas grossas dos arreios, enche os copos e comenta com Laudemiro: "Vai chover."

Laudemiro bebe e insiste:

"Mas você... não era bom no trecho? Você não se sentia livre?" Sem obter resposta, prossegue: "Eu lembro que quando eu era pequeno eu brincava no resto de poda de árvore. Eu fingia que era uma cabana" e vira o copo de uma vez. "Vou pegar uma pura. Quer?" Não obtém resposta e desaparece no bar, em sua pura e refrescante obscuridade.

Wagner Pelúcia olha o céu. Respira. Diz, em voz alta, passando a mão na cabeça áspera: "Vai chover. Também no rio. Vai chover, sem que ninguém perceba".

Vladimir é levado por dois investigadores

Do leitoso vidro do carro em que Vladimir é levado em algemas vê-se o dinâmico quadro de sol, casas e árvores. Passam-se as imagens – a bicicleta vermelha, o poste de luz acesa à tarde, afixado o papel "procura-se" e a fotografia de um homem – e tudo se sucede em um drama frágil, passaroide, hipersensível; nas casas de subúrbio, as vidas estão incrustadas como mariscos à superfície de rituais – emprego, televisão monocromática e um miocárdio responsivo às palavras Cuba e Vietnã, a úlcera, o leite morno, crianças prontas para a escola. Um homem de terno, calvo como uma águia, abre a porta de um Corcel. A esquadra de gafanhotos ronda os continentes e surge mais um selo de "confidencial"; sacerdotes econômicos espalham a palavra "sacrifício" pelos três cantos do mundo; o carro em que vai Vladimir implode petróleo em socos e coices contra o ar em chamas. Grandes relógios nos pulsos dos investigadores, nos bancos da frente, a tecnologia que contém um princípio de bomba.

Vladimir olha a cidade e sente dor em todos os pedaços de seu corpo, cada um com uma existência à parte, em fragmentos. Latejam as costelas rompidas e respirar é difícil – seu peito se incha, cresce, e em um soluço desincha; as equimoses criam em seu rosto um sorriso macabro; os choques lhe romperam um olho e os pedaços esfarelados de dentes vagam na saliva, e uma dor entra na raiz do molar e escandaliza sua coluna e sua coxa.

Vladimir está sentado no banco de couro vendo a paisagem pela janela. Pela rua passam o que ele chama de burgueses, senhores e senhoras com uma vida doméstica tranquila.

A dor que sente enquanto olha a sucessão de casas, pais de família e crianças na rua é mais do que corpórea. Compreende que essa dor é a verdade de seu tempo e que esses dois aí na frente são seus funcionários. Toda a verdade de seu tempo resolveu manifestar-se em seu corpo, e desceu sobre si o dragão da história; não deseja suas respostas, que indique onde ficam o ponto ou o aparelho, mas quer devorar sua alma, pela brutalidade da arma, da mão e do choque, por não ter sido capaz de devorá-lo pelos símbolos.

De óculos escuros, careca e de bigodes, o investigador no banco do passageiro se vira e lhe aponta pela décima vez a arma à cabeça. Sente evidente prazer em roçar o cano nas feridas. A arma tem o nome de Taurus, e é a vingança do touro contra o homem. "Que rapaz bonito. É pretinho, mas é bonito. Não é, Goleiro? Nós vamos cortar sua cabeça. Sua mãe vai ficar feliz quando receber sua cabeça." Na rádio, toca a canção "Jesus Cristo". "Canta, filho. Vamos, canta", diz o investigador. Vladimir chora com o único olho remanescente. Olha o pingente de ouro com crucifixo do homem torcido à frente, uma das barrocas figuras do fim do mundo. Vê os óculos escuros, o sorriso em que brilha uma obturação dourada. "Jesus Cristo eu estou aqui", começa. "Dança!", ouve e estremece.

Vladimir mexe o torso, dança sua dor, canta junto com o homem. Grandes colossos, titãs de imensas pessoas jurídicas, dragões que remexem as estruturas da terra clamam por mais ouro, mais pedras, mais bois, mais daquilo que um dia aplacou a fúria e que agora só faz irritá-la. Homens atrás de homens atrás de homens atrás de homens até que na vastidão desses labirintos, esquivando-se de espelhos planos face a face, se chegasse à Ideia (um pedaço de carne em um prato de barro, em meio à selva, sagrado e intocável, rubro tumor entre as estrelas) – e os dois investigadores riem. No bolso do motorista a língua seca de um delator como chaveiro.

"Jesus Cristo eu estou aqui."

Já não há mais residências e o Corcel dos investigadores pula na estrada de chão.

Americana Bastos entra no mosteiro

Americana Bastos está às portas do mosteiro. É uma manhã escura, a atmosfera delirando com a heroína de uma chuva intravenosa, que não cai. Pelas portas de pedra vagam monges, eternamente distraídos, concentrados em uma realidade que ainda não se deu a conhecer; uma realidade determinada, cega, como o é a aproximação silenciosa de gatos em redor de um peixe, vindos de centenas de metros de distância. Cabisbaixos, os monges cercam, se aproximam de uma ideia, brigam em redor do peixe morto de um pensamento. Apenas um entre eles percebe a presença de Americana Bastos e lhe dirige a palavra:

"Você veio ver onde foi que erramos? Levamos muitos anos para converter nosso erro em segredo, nosso segredo em mistério. Entre. Sinta que em nosso mistério ainda pulsa o coração de um erro, quente, alienado."

Americana Bastos pisa na escuridão. A umidade e o gelo vão aos poucos matando os monges, um a um, soprando palavras impronunciáveis em seus pulmões. À tosse de Americana, o monge diz, virando-se: "Se for do seu desejo, nos espalhe pelo mundo. Estamos esperando quem possa nos tratar como soldados." Em nichos na parede, velas de sete dias de chama pequena mordiscam e comem frações de ar, quase desaparecem, com sua coroa de espinhos azul, e retornam oblíquas e vacilantes. Acima, cruzes um dia pesadas ronronam esvaziadas por cupins.

Entram na biblioteca. Pequenos desvãos fazem as vezes de janelas ou claraboias. Livros e pergaminhos estão organizados nas prateleiras e alguns estão abertos nas mesas. Três monges leem. O olho de um, castanho, abre e fecha a pupila sob cílios grisalhos; a íris estriada, muscular, acompanha as palavras com o conciso e frenético movimento das moscas, das aranhas. Seus lábios estão secos, brancos de pele morta que se descolam como lentes; seu coração está repleto de relâmpagos, do carnoso signo de sagitário orbitando entre esferas. "Cristo", repete, e sua língua recolhe um pouco da pele de serpente de seus lábios.

"Americana?", chama sua atenção o monge. "Escolha por qual dessas portas você quer entrar nos corredores do tempo. Há um morto atrás de cada entrada, mas não lhe dê atenção: ninguém nunca morreu. Siga. Ele virá atrás de você, porque quer sua compaixão e seu assombro. Mas deixa a piedade de lado se quer mesmo ver a piedade, e abandona o teu assombro. Há um ponto em que o estilo do Bem e o estilo do Mal se assemelham. Pare aí. Respire. Não acenda a luz. Siga e você se encontrará conosco. Lá estará o berço da tempestade, um ninho de palha, o delicado ovo da razão. Sua casca irá começar a se romper, então feche os olhos e diga o nome do teu Deus. E então nos envie ao campo de batalha".

Americana Bastos pega uma vela e faz um gesto, até que a chama se apague – até que os monges desapareçam.

A música externa

Na região da Várzea dos Automóveis, onde não se pode ouvir as explosões, ouvem-se contudo o cacarejar de galinhas; o lento e exotérico cozinhar do sol, fogo brando; o arquetípico violino das cigarras, o violino subterrâneo, o violino de terra preta, o escuro violino de um sonho; o cacarejar de galinhas novamente, sem nunca ter deixado de estar lá, trissílabo, oxítono em sua perplexidade, o vocábulo gago, castanho, na voz de suas penas e no couro bravo de seus pés; o silêncio, essa impotência sensível, que é jejum do grande animal do Espírito; o pássaro cantando entre folhagens e sombra, pé no galho, recitando seu salmo ancestral na igreja verde; luta de trinados no vento, alguns curtos, outros longos e compassados, um gavião gritando "ai" e por sua potência impotente para o canto, tendo aprendido a gritar com aquilo que devora; chuva sonora de flores com a lufada de vento que vem e que para; o pássaro que abre as asas, sente seus músculos e ossos, e num trinado as recolhe e arrepia-se dos pés ao crânio; o ovo caindo da borda do ninho, cujo ruído, cuja pequena quebra é para o pássaro o avesso do canto; um caminhão sacolejando na estrada de terra doido como um prédio em movimento; as vogais dos pios desperdiçadas e sem nome escrevendo oratórios em um livro em chamas, o desperdício eficaz da vontade, cada folha falante da árvore uma página do corão ilegível, louvando Alá em suas células, que são bolhas; a infrassônica cúria de formigas, vermelhas, cardinalícias, cinturadas e castas; o prazer na música das próprias patas, na música extrassubjetiva do eu que todos cantam e celebram, a pulga chamando seus parceiros, contente, espreguiçante, a boca dourada de sangue; as centopeias cantando cem palavras e vagando no córtex da árvore, engolidas por pica-paus que afinam instrumentos que não tocam. Tempestades no inferno, cheiro de chuva saindo do sangue fresco da terra, incêndio no céu, arrasados os pastos de corais cinza.

"O café está pronto", alguém grita. Quem ouve, julga entender. E se aproxima, para beber um copo de café, enquanto vacila o ovo da cidade.

O gigante e o palhaço

Natanael Droga estaciona a carroça sob a marquise e protege seus recicláveis da chuva. Junta-se a ele sua matilha de cães de língua torta: Menina, a carne que pinga, a barriga-seio rosada balançando; Pelé, que levanta a pata traseira como um bailarino e urina na roda de um carro; Lili, uma cadela carbonária, irritadiça, introspectiva, a mais leal a Natanael Droga e a quem se imputa a morte de ao menos cinco gatos. Eles e os outros cães se fecham ao lado do carroceiro. Se sentam, olham a chuva.

Natanael Droga não ousa entrar na farmácia, onde os clientes andam com lentidão, no braço um cesto azul em que colhem as frutas medicamentosas. Ninguém fala – ou, se o faz, fala baixo, como em uma biblioteca. O odor é de resinas, de cascas cujas árvores só conseguem se manifestar pelo aroma, com frequências de hulha e de breu, cadeias de carbono meticulosas, benzenos, hidroxilas em que pende um brinco de fenol. Como a carne crua de um anjo, em que cada cicatriz remonta ao nascimento de um elemento químico, esse bosque branco, essa higiênica selva é esplendorosa e estéril. Natanael Droga sente o cheiro de incenso e de substâncias desamparadas, segregadas de suas relações no gueto de um experimento científico, isoladas, purificadas, cristianizadas em hóstias, frascos, com sua gramática só conectivos, celestiais por força; vê esse misto de biblioteca e circo, de cuja essência foi drenada toda cor, até que o circo empalidecesse em pânico; não mais a mulher barbada, mas um tônico capilar; da acrobacia cujos colãs de peixes luxuriantes enfatizam o ar e o salto, para os benzodiazepínicos contra labirintite; dos elefantes incompreensíveis e cinzas como cérebros para a euforia ensaiada da ritalina; os anéis de fogo para anéis encabeçados por ciclópicos monóxidos, xaropes, aldeídos, e o picadeiro resumido em sua serragem experimental. Feijões mágicos invertidos em prol de uma longevidade sem experiência. E o olhar do segurança à porta, o Goleiro Velho, trouxe a Natanael Droga a real dimensão da distância que o separa da farmácia. Antes que Natanael Droga pense em entrar, o segurança cruza os braços, desce os lábios com uma infelicidade de gigante de circo, dos que torcem ferro, e sua cabeça desenha um "não".

"Eu não queria entrar, vacilão", diz Natanael, e acrescenta, já sem olhá-lo: "O que é que ia fazer aí?"

O Goleiro Velho lhe responde:

"Vai embora. Por sua causa, esses remédios existem. Vai embora, e deixe ao menos os remédios em paz."

"Eu sou o remédio, vacilão. Fui eu quem tirei esses remédios da terra e entreguei na mão de Vladimir."

"Não pronuncie esse nome aqui. Esses remédios vêm da terra, e a terra é de Jair Johnson."

"Esses remédios não vêm da terra. Eles vêm do dente que eu plantei dentro da terra. Foi no dia em que houve uma colheita de dentes, uma grande safra de incisivos. Eu estava lá."

"Os remédios estão aqui. Eu os protejo. Para que sejamos fiéis à alucinação. Eu os protejo e protegerei da tua loucura."

"Você só protege aquilo que saiu da minha boca. No dia do sacrifício de Jéssica, você vai perceber que sempre trabalhou pra mim."

"Eu jamais trabalhei para você. Eu monto a guarda do Tesouro Espiritual. PC McIntyre e Jair Johnson me conhecem pelo nome. Meu rosto é o mesmo rosto de Lázaro, nas alturas. Os carneiros dos remédios dormem, graças ao meu trabalho."

"Quando não houver mais Jéssica, se abrirá a Casa dos Remédios. Seu pagamento virá do pó do meu dente. Sou eu quem bebe do álcool das ciências, quem criou a onça anídrica que cura as lepras do órgão, as lepras da pele. As bulas têm escritos o meu nome e o nome dos meus cães. Minha carne até hoje tem a cor das gengivas de Lázaro."

"Os carneiros dos remédios dormem na paz de suas estruturas. Você aqui não entra. Enquanto eu monto guarda – porque eu monto guarda – tratores-lagarta devoram montanhas, o gari limpa o pó dos desertos que chega na cidade. Sem mim, a Várzea dos Automóveis estaria dormindo. Não grite! Os remédios dormem, e enquanto dormirem, a cidade poderá seguir em paz."

"Convoco todos os meus cachorros. Eles são pastores desse falso descanso. Eles são os pastores da cidade, dos escritórios e dos caminhões-cordeiro. Façam barulho! Isso! Os remédios não estão dormindo. Os remédios estão conspirando. No fundo das aleias brancas, eles falam o nome de Natanael Droga."

"Olhe a minha cintura: vê o coldre? Ninguém perturba o sacrifício. Deixa meus clientes, que eles vêm aqui se sacrificar, no altar de PC McIntyre. Sacrificam-se, e saem renovados. Manda calar seus cães, não perturbe o templo do Senhor!"

"Enquanto meus dentes estiverem aí, minha boca tem direitos. Plantei aqui a pedra branca que nasce do corpo. Plantei força, sorriso e cáries maravilhosas. Plantei o que há de mais bonito na fisionomia: aquilo que há cem mil anos devora os corpos. Ninguém me dirá que não posso entrar na tumba de meu próprio dente."

"Vai embora. Sinto desejo de pegar minha arma e, se sinto esse desejo, saiba que esse desejo não é meu: eu obedeço. É o desejo do Tesouro Espiritual, é o desejo dos miligramas, dos princípios ativos. Sou um servo dos princípios ativos, do rigor das datas de validade. Eu o aviso, como amigo que sou: vai embora, antes que os remédios acordem o revólver."

"Não tenho o que fazer aqui. Sou invulnerável. É da minha boca que nasce o teu Patrão. Você vacila, porque guarda um precipício. No dia do sacrifício, dentes choverão na Várzea dos Automóveis. E dentes fecundarão a terra. E dentes farão de novo a primeira árvore, que era a Árvore-remédio, e de todas as bocas cairão os dentes, para sorrirem sozinhos no espaço. E lá estarei eu. E eu serei vestido com molares de ouro, e seremos todos aclamados com o nome de Natanael Droga."

"Vai embora. Já"

"Vou, porque assim decidem meus cachorros."

Natanael Droga e seus cachorros saem no meio da chuva e atravessam o congestionamento e as ondas provocadas pelos pneus; os motoqueiros em capas de chuva como druidas e o silvo da borracha na água, os faróis e lanternas vermelhas como rubis e halos liquefeitos, a fumaça dos escapamentos que babam na umidade condensada. Vai embora, sem olhar para trás.

Os cinco contra-atacam

Enchentes, queimadas, alagamento, tufões, lixo, tempestades, nevascas, epidemias; disputas políticas, revoltas, grandes corporações, encarceramento em massa, campos de extermínio. A humanidade vive momentos difíceis.

Surgem, porém, nas grandes escarpas de rocha ao lado do oceano, cujas ondas sobem e se chocam ferozmente, os cinco: estão vestidos de lycra colorido, coletes brancos, capacetes com visores escuros. Posicionam-se: três atrás, dois à frente, e fazem gestos vagamente marciais. São homens, um tanto franzinos para suas missões, mas certamente corajosos. Fazem sua desafiadora coreografia. O vermelho e o azul estão à frente; uma perna flexionada, a outra afastada, os músculos de suas coxas vibram, tentando mantê-los estáticos. Estão de costas para o oceano. A lycra se umedece de suor.

Ninguém os vê, ninguém mais os filma ou fotografa. Mantêm-se, contudo, na postura combinada, em sua húbris de brinquedo, protegidos por suas armaduras.

Vladimir no poente

Muito antes de que Lázaro pudesse morrer, Vladimir vive.

Há uma casa, branca e brilhante. Janelas grandes, porta de duas folhas de madeira. Nas reentrâncias granulares das paredes formam-se teias fofas cujas aranhas jamais são vistas; a cal brilha de longe, óssea e estelar. Galinhas e porcos estão iluminados com ouro pelo sol que morre, decomposto nos cristais da lama, no pátio, onde Vladimir trabalha com uma enxada.

Vladimir conhece o oceano. Ele bateu em seu peito e nas costas, estalando, como cordas grossas torcidas e tensas ao limite, ganhando força. Do oceano, com sua vasta sede e seus vastos monstros, resta um cansaço – quase uma memória, a de ser ninado pelo abismo.

As calças de Vladimir têm o mesmo tecido das sacas de grãos, porém estão sujas de terra. Ele trabalha, alguém varre a casa de dentro do escuro. As cigarras cantam e movem-se as árvores solitárias entre o campo arado.

O sol vai se tornando senil. Vai se esquecendo, balbuciando entre nuvens, tornando rósea a casa, vermelhas as cerdas de uma porca, verde escuro e louco o seu olho. O sol se confunde e faz azul celeste as nuvens, branco o céu. Morre confuso, infértil, como um boi velho.

De longe sobre dois cavalos as inconfundíveis silhuetas de Jair Johnson e PC McIntyre. A casa quase não brilha e ninguém mais varre. As vespas abandonam as flores e o esterco e retornam para a forquilha da árvore onde está sua casa, um imenso e poroso segredo. Vladimir se endireita e apoia o queixo na enxada. “Está na hora”, diz, e a pele debaixo de sua barba se repuxa e cai. Entra em casa e bebe de um odre de cachaça.

Quando volta ao quintal, não vê as duas silhuetas. Fecha as portas, as janelas, aquieta os panos das cortinas e se prepara para a noite que vem, e que viaja através das casas como um mar fantasma.

Lélia Silva Raia nos escombros da cidade

Lélia Silva Raia vive nas ruas, entre as ruínas da guerra. Prédios desmoronados emitem uma fumaça fina, porém constante, como que saída de sua narina soterrada – e por dias sai essa fumaça desprovida de substância, esse vapor abstrato – como que a bolha fosca de um mau absoluto – tenaz e inútil, sem indicar coisa alguma e órfã de fogo. Ao lado dessa grande digestão de pedra, os postes estão de pé e ainda acesos. Lélia pisa sem cuidado nas ruínas, sem ver o homem que está há dias sentado em um bloco, murmurando até se desfazer da linguagem, e ela própria deixa um rastro nas pedras, um rastro analfabeto de sangue como o de um cardíaco caracol.

Seus cabelos estão amplificados pela incompatibilidade das eletricidades internas e as explícitas, entre um insolúvel curto-circuito – seus sonhos não coincidem com as regras e o ordenamento da Criação. Ela pediu algo à própria inteligência, e esse algo não foi compreendido.

Não há um só relâmpago que não tenha perdido seu lugar no céu. Se antes acreditava-se que o terrível seria perder a orientação das estrelas, o regramento divino e seu absurdo coeficiente terrestre, não se sabia contudo que nem as estrelas teriam lugar, nem os relâmpagos. Todas as luzes haviam sido expulsas de casa por um repicar dos tambores errados, e vagavam como adesivos velhos; filhos pródigos, perturbados, siderados em suas próprias perversões, um mero tabuleiro rachado em que se deslocam aviões. E relâmpagos cortam o céu acima da cabeça de Lélia Raia, como fissuras nas paredes de uma casa alheia, de algo que não nos diz respeito.

Há um carro acidentado na calçada: chocou-se contra a parede e se desfez; no muro, os traços do choque são fracos mas existem.

Tiros e sangue, moscas, pedaços de gente – e o relâmpago esticando sua raiz-língua de planta venenosa, réptil e radical. E Lélia Silva Raia passa por entre eles e é, entre os vivos, a única invulnerável – porque as balas desviam de seu sofrimento. Na esclerótica vermelha, raízes novas se formam, cruas, quase palpáveis, como relâmpagos em amnésia.

Gláucio Sparrow nas alturas

Gláucio Sparrow varre folhas do telhado, na casa de campo do juiz Weisselmeister. Desobstrui a calha, a folha-de-flandres engasgada com sua dieta vegetal – sementes e vagens, folhas molhadas com aspecto de trapos nervurados de couro, flores miseráveis comidas por uma cavalaria de moscas – a traqueia resplandecente da calha, seus dúcteis rins e seu estômago impotente. Gláucio lança ao chão pastas pretas, amontoados pré-digestivos, e nas mãos e nos pelos dos braços firmam-se folhinhas molhadas, minúsculas, tenazes como carrapatos. Nuvens de pernilongos emigram.

Ele se levanta e volta a varrer.

Sobre as telhas alaranjadas e cortando o céu azul, sua postura e sua voz alcançam a solenidade das alturas, enquanto nuvens sem calha vagam com suas gazes arruinadas pela enfermaria azul, em delírio quase elegante, bebendo do soro solar; e os besouros, os pássaros, os céus caminham à igreja do futuro, em seu domingo natural.

Com a vassoura atarraxada às mãos, caminhando na cabeça das telhas com alguma desconfiança e pisando nesses escudos alinhados, romanos, que rangem em um mau-humor cerâmico, Gláucio Sparrow é um profeta. Para, abre o peito e olha o bairro de cima. Dirige-se a Laudemiro Costa, que no chão limpa a ácido as pedras no entorno da piscina:

"Meu ex-sogro teve problemas no coração. Teve que trocar as veias do peito e dos braços. Colocou veias de carneiro porque só veias de carneiro servem pro homem. Ele hoje tem noventa anos e não conhece mais as dores da morte."

Laudemiro Costa volta a esfregar – seus olhos doem contra o céu.

"Não gosto de vê-lo aí, Gláucio. Desce."

Por um instante imagina Gláucio Sparrow vestido com couro de cabra, um cajado na mão, silencioso; como se houvesse roubado das cabras essa sua propensão para a altura.

"Laudemiro!", chama Gláucio, e seu amigo não pode evitar procurar com os olhos a voz que vem de cima, "Laudemiro!" Não me julgue!

Não tenha medo – nem você e nem eu – porque a minha filha não é deste mundo!"

"Se você está falando... Mas, pra mim, Gláucio, isso é pura canalhice."

"Não. Minha filha não é deste mundo. Não é deste mundo, mas tem compromissos com ele."

O ácido morde a dentina das pedras portuguesas e descama também as mãos de Laudemiro. Ele cospe nas pedras que limpa. Esses céus são falsos, esse telhado não é uma montanha. Em voz baixa, diz:

"Isso aqui é o inferno. O inferno, essa casa, essa cidade. Contar vantagem é a alegria típica do inferno."

Esfrega. Ignora Gláucio. Odeia a tudo e a todos. E tenta pensar apenas nas moedas que lhe pagarão o dia.

Jéssica no fórum

Na praça em frente ao fórum há bancos de madeira, postes de ferro, passeio de pedra e gramado com árvores – no centro, uma fonte desativada.

Aos pés de uma árvore, as flores de que abdicou. A natureza cresce com uma pulsão incontrolável para a opulência e para a dissolução, um baile em que só existem máscaras e um sol – um mímico inexpressivo, que estimula a farsa até o dia em que colocar sua máscara escura. As folhas circenses caem desenrolando-se da corda da gravidade, um ramo estoura o jeans castanho de um tronco e cheira com sua forma nova o velho universo; sucos densos como sêmen percorrem quinze metros verticais e se solidificam no céu em um fruto estéril, deformado, em uma fruta sem juízo e sem semente. Larvas amarelas, aneladas, gordas, cegas mordem o pau podre e, feito pequenos abdomens puros, se espreguiçam, se contraem, inchadas por tanto prazer que sentem pela própria forma que acabam por traí-la, e em seu mundo cheiroso e catatônico (um túmulo enfarinhado de risos) algum arquiteto enfia-lhe um par de asas para acabar com sua beatitude. E besouros voam de árvore em árvore, algo larvais, desgovernados, e dentro de suas lourigas são remorsos alados, enxaquecas viventes, tateando um mundo só paredes.

Jéssica atravessa a praça e passa pela torneira gorgolejando, chiando, engasgada de ar. Em redor, o mato se aproveita e cresce cabeças novas. Passa a cancela do fórum, onde carros pastam brita na sombra. "É aqui", diz, antevendo o detector de metais. "Lá dentro, a ninfa Eco sussurra entre os arquivos."

À porta, se identifica. Um segurança com a boca brilhante de óleo vê o RG e diz: "Dona Jéssica? A senhora pode ir embora." Lhe devolve o documento e abre a cancela, por onde entram alguns camburões. "O doutor falou que não é mais preciso", conclui, para que Jéssica se mova.

Dos camburões saem pessoas com os punhos algemados às costas. Ela os vê e se constrange.

"Por que eles estão aqui?", pergunta ao guarda, evitando apontá-los.

"Porque a justiça está chegando, dona Jéssica."

"Como?"

"Foi a explicação que me deram, e eu sinto prazer indescritível em acreditar."

Ela olha o fórum, uma imensa caixa de marimbondo que parece haver brotado como um tumor do lobo frontal da praça; uma colmeia feita pela natureza de modo tão tortuoso que resultou simétrica, repleta de meta-seres, pastas, papel, nichos de concreto, de galões de água que arrotam a cada hora; um juiz gordo, larval, em quem se põe uma capa sobre o corpo de cera. E o guarda conclui, com seus lábios brilhantes:

"Está chegando, enfim, dona Jéssica. A senhora pode ficar sossegada. Está descendo sobre nós a justiça natural. Eles ficam; a senhora vai."

Como dizer não a um robô

Barulho de nuvens. Nuvens nas janelas da falésia, namorando a existência terrestre. Nuvens, que são sereias adultas, cujas línguas são peixes, flotando na água sanitária do céu. Uma atrás da outra rumando para a dissolução, sobre a falésia, sobre o paredão de rocha visível.

O homem Kaiowá observa. Não são sereias, ou uma atmosfera química, as nuvens exiladas caindo ao modo de cachoeiras das falésias em direção à mata muito abaixo; o homem Kaiowá sabe que no céu curvo feito um arco está o vasto jaguar azul. A onça azul que ameaça devorar o sol está rajada de nuvens e salta parada sobre a falésia, avança sobre os catetos da sabedoria. E o homem Kaiowá observa, sério, o feroz inimigo feito de nuvens, feito com o mel azul que pinga de um favo de estrelas.

"Vem comigo", diz a seu lado Jair Johnson, que por sua vez está acompanhado de Róbson Sertori, o cartorário. "Ouça o homem", diz Róbson Sertori, colocando e retirando constrangido a mão no ombro do Kaiowá, punido por seus olhos.

"Eu prometo", diz Jair Johnson, encarando a falésia, chupando zelosamente uma bala de menta, que se recusa a mastigar. "Eu prometo."

"Sim, ele promete", diz o cartorário, cujas mãos enfiam a camisa para dentro da calça – mãos fora de propósito, os dedos todos juntos, como uma mão de DJ. "Ele promete para sempre", acentua, subindo as calças, com gestos que têm resíduos de metamorfoses anteriores.

O jaguar azul é céu e se dissimula no céu. Do alto da falésia, onde ninguém ousa andar e onde as plantas são particularmente selvagens, viciadas em etiquetas paleozoicas, mães dos crustáceos, vêm lentamente algumas palavras sobre o futuro, na forma dessas nuvens: a floresta, a cidade, a floresta – "são criadores de Eclipses". O azul da onça grande está com a pele esticada, tesa, a ponta de uma faca se aproxima; a ponta da faca está a um milímetro da pele que se estica para o bocejo ou para o salto. A Terra má está com a vida na boca, zelosamente, pensando em fazer novas falésias.

Sertori interrompe sua concentração: "Troca. Troca com ele. A paz chama-se troca. Troca, para que Deus possa dormir tranquilo. Troca, para tudo ficar como é."

A panela em que cozinhou o primeiro mundo está fria, acima da falésia. Ainda fumega frias nuvens, pisada no cascalho pela onça futura, pela gelada onça de quartzo. Quarenta mil fogos ardem na noite da história. Quarenta mil quatis sobem pelo cipó da eternidade, carregando almas nos focinhos. "Não tenho paciência", diz Jair Johnson, deixando Sertori e o Kaiowá e se retirando para um barracão onde dormem as colheitadeiras de PC McIntyre. A tempo de ouvir ao longe o assobio dos homens da tribo, acompanhados do velho Juhé, que se aproximam.

"Que a noite volte a comer a farinha da noite", diz o homem Kaiowá, que assobia para receber os seus.

Anjos não dão carona

Anjos são seres estranhos. Vivem em um espanto suave, perplexos, e uma coisa banal como um alfinete lhes é estranha como uma tartaruga marinha. Têm, contudo, corações dogmáticos, corações enrolados e selados, e têm a macabra meditação de uma biblioteca vazia. Não importa onde estejam, suas vozes têm eco, para que sua identidade também os assombre.

Cada um entre eles é louco feito uma das leis da realidade. Convocados, pousam entre o visível e o invisível, sobre as fiações que separam a paranoia da eternidade, e ali são vagamente discerníveis à distância. Largam seus ofícios normativos e se envolvem com uma planta parasita, compartilhando seu afeto pelo sol e abrindo sua asa de inseto na boca da flor amarela – e é atrás de anjos e de alguma parcela de eternidade que as mata que as abelhas acorrem em desengonçado desespero. Compreendem que uma parcela de eternidade é um caminho para o nada. Sentem, por outro lado, a especiaria dessa ínfima fúria – essa porção delirante de nada – em suas bocas enquanto se contorcem também de amor pagão ao sol. E o anjo retorna a Deus, com um amargo cesto de abelhas.

Estão antes da vida. Por isso são, como os planos, perfeitos. Mas também com seu próprio pecado original – uma perfeição que comprime a realidade. Dos territórios ideais trouxeram consigo essa incompreensão congênere das coisas relativas ao tempo – por isso suas palavras automáticas e sem paixão: "Alegre-se, que Deus lhe deu um filho". Esse seu alheamento do mundo vai se tornando em alguns repulsa contra o mundo, e já se sente um tom de despeito nas mensagens que são incumbidos de trazer.

Surge no céu o brilho de uma estrela egoísta. A erva brava do ressentimento vai brotando nas páginas do livro ideal, e então se percebe um reflexo, um brilho público: antes em oposição ao tempo, agora os anjos se *modificam*. Como um leite que azeda, que se azeda antes que possa envelhecer o destinatário com a gradualidade obstinada da saúde e da morte, assim os anjos enchem suas bocas de areia e reclamam das areias com que Deus compôs as cidades. "Cantai, que Deus lhes deu a cidade" dizem com ódio novo; que não se julgue: quem criança não provou pela primeira vez o fruto do cinismo, e que sabor maravilhoso ele não nos deixou na alma, um sabor que ressoa agradavelmente até hoje? Talvez não haja nada tão delicioso em toda Criação como o cinismo, de tal modo que valha a pena descarrilhar os trilhos da vontade divina, atravessar mundos, cortar os tendões elípticos dos planetas e revirar a noite, derrubar enfim as forças elásticas – talvez em si algo inexatas e cínicas – da Natureza e colocar em sua posição forças novas, rastros de outras vontades. Não é, aliás, natural que o plano se rebele – não contra o planificador – mas contra aquilo que planifica? Que o perfeito se volte contra a imperfeição, porém não por maldade, mas por ser o único modo digno de também tornar-se imperfeito e comungar na mesa podre da terra com os podres animais de São Francisco? Ó, cuidado, que os anjos te tocam e te mordiscam o lóbulo do interior dos teus ouvidos.

Ninguém está a salvo desses anjos novos, alados, resplandecentes, os mortos-vivos que dormem nos espaços vazios, agora, e têm sonhos bons nos balneários da escuridão. Com pressa, assim que despertam sob o vagaroso sol manual buscam Maria – Maria com um Cristo interior – para crucificá-la.

Parte VI

O DRAGÃO: A ÚLTIMA DANÇA PARA AS MÁQUINAS.

QUIROG

O Cliente X

O Cliente X é um gigante. Descendente de antepassados exterminados, seus pais, contudo, eram pequenos – conservaram no peito a semente gigantesca que não ousaram exprimir nos próprios membros. Como todos os gigantes de sua antiga estirpe, é nômade. É possível avistá-lo nas proximidades dos rios.

O Cliente X veste bermudas jeans e camiseta cavada. Traz nos ombros a capa de um cobertor que não lhe chega aos pés. Está imundo e descalço. Como todos os gigantes, caminha lentamente e vira o pescoço para olhar dentro dos comércios e das casas e desprezá-los: anda por uma cidade onde todos são em parte os assassinos de seus pais. Não é humilde, porque sabe que a humildade pode lhe ser fatal. Policiais olham-no com despeito; assombram-se com suas canelas grossas como pescoços e olham para suas todo-poderosas algemas como se fossem cadarços; interpelam-no: "Quem é você?", "Para onde vai?", "Documentos!" Mas documentos parecem insuficientes para representar gigantes e as inquirições prosseguem. Para evitá-las, o Cliente X caminha e se perde nas marginais onde o trânsito é intenso.

"Livrai-nos da raça dos gigantes", diz-se em segredo. Em voz alta, um cidadão interpela um político: "Há gigantes que não trabalham, que não querem nada com nada, estão andando nas ruas e vocês cruzam os braços?". Mas o Cliente X rasga aparentemente despreocupado as nuvens de fumaça e, à noite, encontra refúgio no centro, na várzea da Várzea dos Automóveis.

Senta-se nos restos de um sofá. Põe a manta nas pernas e acende seu cachimbo.

Faróis fazendo curva iluminam o mato alto na beira do rio, uma árvore desfolhada, um sofá e um gigante, e tudo volta à escuridão. O castanho mogiana dos céus, as lentas sacas das nuvens. O isqueiro acende e apaga, no código-Morse que convoca os que há muito já se foram, e então saem dos rios e dos galpões abandonados os corpos sem carne dos gigantes.

"Estamos aqui", lhe dizem. "Viemos lhe fazer companhia". E é nessa hora que o Cliente X sorri e chora nas costas de sua mão imensa.

Flor entre escombros

Entre os escombros, blocos cuja forma tenta se lembrar da origem mas são apenas pedaços dementes, cimento com o lar na ponta da língua, há uma flor. Sim, uma flor, porque não há lugar comum no universo capaz de reduzir a onipotência, e os olhos que buscam resquícios de vida no concreto se consolam na flor, com sua solenidade particular, com sua minúscula graça de montanha. É semelhante a uma margarida, porém com o talo peluginoso, com alguma minúscula ferocidade – como se esses pelos pudessem protegê-la dos morteiros, da fuzilaria, dos frutos que caem dos aviões e cujo sumo derrete as bocas. E, ao contrário de toda expectativa, sim, essa flor com jeito de menina com revólver na mão subsistiu à artilharia humana. Se fecha ao entardecer, bebe da água quente da luz solar até retrair-se nos pianos de sua própria sonolência, e gorda, festiva, dormir sentada em si mesma com seu vestido.

Há uma flor nos escombros da Várzea dos Automóveis e ninguém pensa profaná-la. Pequena, poderosa e fértil, conhece o firmamento ilimitado, abraça toda a atmosfera em recuperação e é capaz de simbolizar sozinha, como uma embaixadora, toda uma cidade, toda uma nação e um planeta, como um sistema entre sistemas, e explicar a seu modo áspero e de suavidade exemplar aos outros mundos o vigor e a triste pureza de sua casa. Porque treinada entre escombros, morta e espantada nos matrimônios, nos velórios, diz *ainda não* – nossa fiadora ao dizer a radical palavra *primavera* no concílio do fim do mundo.

Entre gesso e cimento, e pó, sua escultura instantânea e viva, que se abre e se recolhe. E que volta a ser bonita, porque todo lugar comum foi destruído.

Selênio Horner e a escultura da maçã

Selênio Horner, o sábio de Ruhr Alb-Bahrein, está bêbado. Anda bailando – por desequilíbrio mas também por euforia – em sua sala modernista, de amplos sofás, neons azuis ocultos no gesso, e a escultura central: uma grande maçã de mármore na qual o cinzel simulou os sulcos serrilhados feitos por uma faca; é uma maçã maior que ele, com o talo e a casca apenas acima e na base, de resto totalmente descascada e incólume. Selênio Horner passa a mão na branca maçã e sente a aspereza, os sulcos paralelos, as quinas imprecisas. O vento entra pelas janelas de vidro e Selênio Horner tropeça e cai. Sentado, numa espécie de flor de lótus entrevada, se dirige à inoxidável escultura:

"Eu sou o diabo. Não fiquei aí parado, que as florestas querem existir, os seres estão loucos para poderem morrer; para a tua glória tediosa, o mundo é um parque de diversões desligado. E qual o primeiro som animal que se ouve, assim que são ligadas as máquinas, após acesas as luzes de frigorífico, a caixa de som repetitiva e a guirlanda de luzes coloridas brilhando na máscara de um palhaço de fibra? O primeiro som verdadeiro do parque de diversões é o grito. Aqui, neste mundo, as crianças vêm para gritar. Dá-lhes o grito, e olha como o teu relógio começa imediatamente a dar as horas. Eu sou o diabo e as florestas te esperam, querendo aprender teu nome. Olha o poente: vê como o crânio do sol foi esmagado, como agora é possível sonhar apocalipses? Do que você gosta? Lembre-se, eu sou o diabo, e estou contigo há milhões de anos e aprendi com os teus desejos. Me diz: você não gosta de mim, mas gosta de Deus? Então goste de Deus! Estou contigo e concordo com que goste de Deus. Há milhões de anos sonho a tua presença. Te seduzo, manipulo, mas não porque sou mau, e sim porque quero ser igual ao teu desejo. Quero estar aí. Nada é mais sagrado para mim que aquilo que você quer. Dê-me passagem. Deixa-me entrar – ó, por Deus, chegou a minha hora. Eis o momento em que mesmo a tua boa vontade pode ser igual ao meu desejo; quero apenas, hoje, que queira o que quer. Não quero mais que coma esse reles fruto, essa coisa sem propósito. É a cruz o que deseja? A compaixão? A misericórdia? O ódio? A destruição, o paraíso de novo? Eu também! Abre-se um caminho quando se deseja, um caminho entre você e o mundo, e por essa rua eu entrei e agora todos os teus desejos também são meus. Apenas deixe claro para mim o que quer. É inconfessável? Confesse aos poucos, que ligaram-se as máquinas do parque de diversões e voa a foice de um navio pirata, giram as xícaras para que o corpo fuja finalmente da alma em movimentos bruscos e imprevisíveis, as florestas estão acesas com as chamas das fotografias, em um horizonte de fungos e queijos, eu estou em você e não há nada que não seja confessionário – deseja, que cada um dos teus desejos terá o certificado de um tabelionato exclusivo. Deseja que eu morra, e desenharei minha morte na lua, me renega que o unirei aos outros que conheço que me renegam, e juntos serão lúcifer de Lúcifer. Houve um tempo em que minha língua era bifurcada entre sim e não; como era difícil, embora possível, o convencimento; mas, agora, bifurco em números minha língua e a mesma bifurcação agora compreende que não há negação possível. Fiz, enfim, a anexação dos contrários. Eu sou a abelha do teu desejo, me aproximei, tentei ouvi-los e aproximar-me das suas bocas, tentei adivinhar suas vontades. Errei, esperei, aprendi. Esperei e o tempo existe. Polinizo. Se amas os anjos, eu lhe ofereço um baralho de anjos, dou-lhe Gabriel ajoelhado no gelo, dou-te Rafael de olhos perdidos, indeciso de seu ofício. Eu mudei – confia. Para prová-lo, te peço que, agora, vá – e abraça o teu irmão; pede perdão pelos teus erros, pensa nas coisas que fez de errado – muda! Sim, te levanta da cama – força para trabalhar e para viver! Veja o lindo dia que começa hoje. Eu quero ajudá-lo, porque nossos desejos, como em um eclipse que espero desde a criação da vida, nossos desejos se sobrepuseram. Foi com pouco, muitíssimo pouco, foi com a areia dos teus olhos sonolentos que ergui esse estranho monumento, esse eclipse perfeito. E não me entenda mal: se fui horrível, pense que não havia me desenvolvido, assim como tampouco o havia você. Você deseja um carro? Pois saiba que eu o desejei por você muito antes de sua existência, antes da invenção da explosão controlada, da roda, eu sonhava com seu carro desde a sombra da árvore da vida. Era constrangedor não poder atendê-lo, não poder sonhar exato. Era isso o que me tornava mau. Hoje isso acabou. A dor de um desejo impossível não mais existe. Quando caí dos arcos mais altos, perdi meu Deus, mas encontrei-o em você. Eu o sirvo, não me oponho ao teu caminho. Por quanto tempo estive te buscando? Percebe que os animais sempre fogem de sua presença, os ratos, as cobras, os sapos, os ursos, os cavalos, os bois, as lagartixas que procuram os buracos e toda a Criação que foge a sua chegada – mas eu o tenho procurado neste buraco, nesta choça, e te encontrei. E então me disse: "Não, eu sigo a Deus!", como se estivesse a falar com o mesmo diabo do princípio dos tempos... Pois eu te digo, sim, segue, segue o teu Deus, que estarei ao teu lado. Eu sou teu cão, teu apóstolo fiel. Amo-o tanto que produzo seus duplos, seus *doppelgänger*, e os espalho pelas águas somente para adoração. Chegamos, juntos, ao fim dos tempos. Não é o fim dos tempos por outro motivo que não este: não preciso mais seduzi-lo, pois todos os teus desejos me seduzem; acabou-se a maldição. Eu o amo, finalmente. Veja a luz. Ouça que giram os novos carrosséis da verdade."

E Selênio Horner, sob a iluminação neon, abraça-se à escultura e, sorrindo, adormece.

Um café à tarde na casa de Gláucio Sparrow

Gláucio Sparrow arruma seu "barraco" (assim ele mesmo o denomina) para receber a visita da filha.

Há uma parede no reboco em que está afixada a pia, presa por duas mãos francesas. Há a janela por onde entra o sol, esse grande senhor que se senta acima das nuvens e que empresta sua luz às cadeiras e à mesa de metal, acende o sifão, a cerâmica do piso, as paredes com os tijolos baianos e a dura espuma do cimento e assim organiza a inteligência. Há um balde de maionese de atacado, embaixo da pia, em que caem gotas escuras e que é, a seu modo, um objeto com a mesma síndrome dos relógios. Sobre a mesa de metal, uma garrafa de café que chia. Ao lado, a porta do banheiro está aberta: um *bunker* cinza, a privada sempre molhada pelo chuveiro, o espelho como um tablet de moldura alaranjada. Surge no espelho o rosto de Gláucio Sparrow, seu sorriso forçado para a checagem dos dentes. É preciso arrumar a casa e tornar-se apresentável à visita.

"Pai?"

"Ah, entra, filha", diz, enquanto ela fricciona os pés no pano-de-chão à porta, úmido e cinzento e com a hercúlea tarefa de dar refúgio aos visitantes, apagando suas pegadas.

Conversam e tomam café. O pai desembrulha o pão, pequeno, que se amassa e não se quebra, e volta a seu formato confortável, quase feito um travesseiro. Passam margarina nas duas barcas, com um rastro meio agrícola da faca. Comem e falam sem inibição. O café os convida a uma velha intimidade.

"Sabe, filha, que eu sinto saudade do Imenso?"

"E o que foi que aconteceu com ele?", indaga, realmente interessada e se lembrando vagamente das notícias que ouvira.

"Mataram ele", diz Gláucio, e se aproximando, olhando em redor para se certificar de que ninguém os ouve: "Mataram, quando não precisavam mais dele" – e conclui, sigiloso – "Ele sabia demais."

Jéssica sente o arroubo dos filhos em negar os pais:

"Pai, ele não sabia demais. Ele te pedia coisas inomináveis."

Gláucio faz um gesto com a mão como se apagasse no ar suas sugestões.

"Na-na-na-na-não. Não é isso. Você não está entendendo. Ele sabia demais. Ele amava todas as peças de seu escritório. Sabia suas origens, quem as havia corrompido. Ele amava suas máquinas, e dançava, à noite, para elas."

"Quando eu ia lá", diz Jéssica, "eu tinha a impressão de que ele havia nascido naquela cadeira. Que não enxergava nem ouvia, que estava sempre sonhando."

"Mas um pouco isso é verdade. E toda a reciclagem voltava pra ele – eram borboletas. Era ele quem ligava a cidade, fazia a roda girar. Mas, quando ele se soltava da escrivaninha, as máquinas já começavam a luzir. Eu vi, tive a oportunidade de vê-lo, sem que soubesse. Espiei. E vi que ele dançava – em terror – ele dançava para as máquinas. E saiba que quem matou o Imenso foi quem colocou ele lá", e, baixando ainda mais a voz, limpando a boca oleosa, "quem colocou ele lá".

Os olhos de Jéssica e de Gláucio brilham com um brilho semelhante, duas lentes com a mesma curvatura, a mesma cor.

"Filha, estou com medo. Eles estão dizendo que me amam. Que serei eu o próximo a dançar para as máquinas."

"Eles quem?", indaga, acariciando a mão gorducha do pai. Não obtém resposta. Tomam mais um gole de café e desviam o olhar um do outro, encaram os tijolos da parede: assentados ora de pé, ora de lado, por uma inspiração e uma ideia que já desapareceram do mundo, que não deixaram outros rastros.

Chegam da janela basculante fatias de sol que se grudam ao chão feito caramujos. Na mente de Gláucio e de Jéssica surge a figura do Imenso, como um Buda colocado à força no lugar onde se cozinham todos os motores.

Ana Maria ora antes de dormir

Diz Ana Maria, exausta e sem sono, na senzala, onde se ouve a respiração pesada dos que dormem: "Para apagar o fio óbvio, o fio lúcido, entre as causas e os efeitos, torcem-se as paredes e castigam-se a visão, o tato, o paladar que ligam as criaturas à realidade. Aproxima-se um trem escuro que sai do meio da mata, que arrepia os peitos das montanhas e desfaz as moscas invisíveis, as tripas das neblinas, devassa a terra das araras e chega: o futuro é pela primeira vez um monstro e é palpável. Seus parafusos grandes, sua carenagem gelada, essa coisa apenas roupa e o resto fantasma – o carvão vermelho do coração dos mineiros. Para que as causas se descarrilhem dos efeitos põe-se o trilho em linha reta; a guilhotina precisou transformar-se em roda, os dormentes começaram um novo sono. A linha reta entre as causas e os efeitos estalou no ar o seu chicote. Baixe-se a cabeça: para que a linha entre as causas e os efeitos não exista. Quando se ergue o pinto de boi sobre a floresta francesa, sobre o antártico cerrado, quando o pinto de boi supera as nuvens e desmonta a máquina da chuva; quando se ergue o pinto castrado do boi contra o hímen do sol, e os nossos salmos são lacrados como obras de Davis-demônios, a linha entre as causas e os efeitos não pode ser explicitada – é ingenuidade – e tomando vida começa a rastejar nas praias, até o morro de Santo Antônio. A substituir a linha do entendimento a emplumada cobra, um novo e rizomático instrumento de tortura. Quebre-se a linha na vértebra C3 e que se espanque o que não é sensível. É noite. É tarde da noite, talvez tarde demais para assombrações."

A senzala trancada, todo som aderna para o uivo: dos cães aos pássaros, aos bugios, aos insetos, toda zona da mata grita.

"Quando o padre começa o sermão, Cristo vai despertando, meio sonolento, como Lázaro redivivo, e põe a cabeça na gelatina do nosso mundo; cheira, ouve e entende; olha a vida diária com seu perpétuo olho de filhote e, quando boceja, o padre se arrepia e se apressa em dizem 'Amém". Cristo-polifemo respira, e surge na capela de madeiras frescas, caiada, pequena, um broto de Razão; e a Razão olha as montanhas verdes, as casas de portas e janelas coloridas, a neblina da cidade de ouro, os cavalos doidos de submissão pastando a erva espinhosa, mordendo o cabresto com dentes estragados, chorosos debaixo do sol peneirado de nuvens, um sol envelhecido, cenozoico, sua luz com um jeito quase áspero de ácido úrico. A Razão olha os homens e mulheres, o trabalho que lhes cresceu dos ossos até os olhos feito uma doença. A Razão brinca nos sinos com modos de criança em um balanço, abertas ao vento suas anáguas de bronze, e diz: 'Voltarei ao sono dos livros. Que se feche o Novo Testamento. Dormirei na casa de São Paulo, em Éfeso, sentindo o doce cheiro de sua comunidade de mendigos. Vou segurar por dois dias suas cartas, parar o tempo antes do êxtase da reprovação, guiar Saulo que guia seu cavalo para a fonte de seus próprios olhos, deixá-lo entretido na eterna aventura do futuro, entre sovietes e gregos. Vou dormir, na basílica das águas, nas faces frescas e intermináveis do abismo. Com o mesmo ferro com que ele, ali, matou o povo da terra, coça a planta de seu pé descalço. Passado, presente e futuro, estão crescendo urtigas na boa-nova, e eis que me despeço, para dormir um sono fundo entre os bandidos.' E já não há mais nada, já não há Ninguém. Voltamos à fazenda, ao trabalho de ganho, e por cinco séculos eles terão mais amor e amor real e terno por seus animais domésticos, e um só galo, com seus olhos loucos de lagarto, deixará em pleno, honesto horror, a pele negra do firmamento. Torceu-se a linha entre a causa e o efeito, a primeira linha feita pelo índex humano – em África, o firme leão entre todas as galáxias, onde, entre as galerias do universo, saiu de sua placenta e gritou pela primeira vez o Espírito – e a maldição, que nenhuma Razão recém acordada do sonho da história será capaz de desfazer, a maldição acabará com todos os prazos. Vejo a neblina, e não sei se é da serpente, do trem ou da montanha. Ninguém entende, nem ninguém entenderá. Porque decidiram que quebraríamos a cervical do nosso espectro, do nosso sonho ideal, e o futuro se esvai, descansa, para dormir nas fronhas secas do mesmo evangelho em que dorme o Cristo, o santo, a santa, a linha reta que foi evangelho na idade da pedra, e que deu lugar à roda dos trens, à roda da fortuna, à roda. Durmo, agora. Entro no evangelho do meu sono. Mas com a perplexidade: quem são eles, que sentem êxtase e maravilha e passam emplastros em suas visões – e óculos escuros, como signos da insciência? Escravos do ganho e de ganho, boa noite. E amanhã acharemos algo para a fome e algo para o riso. Porque é noite, e noite de assombrações – assombrações lógicas, assombrações matemáticas. Porque nem mesmo o tempo existe quando há no mesmo instante, na mesma terra, trens e escravizados."

Guerrilha

O Cliente X ajuda a construir barricadas. Não fala, ninguém sabe seu nome. Utiliza de sua força descomunal para criar esses pequenos muros feitos para cair, para protegê-los apenas durante as hostilidades.

Ao fundo da rua vê-se a praça, tomada pelas linhas inimigas. O monumento é um homem sobre um cavalo empinado e de sabre na mão. Está em chamas, um fogo espesso de óleo e borracha que escreve no céu em ascensão linhas esfumadas. O homem a cavalo parece furioso e de um modo inusitado seus gestos cabem perfeitamente na situação: sua monta se empina porque arde, ergue o braço direito como se estivesse afogado nas chamas. Os agrupamentos que se formam ainda não chegaram ao ponto em que se dividem em dois, algo como republicanos e legalistas; há uma luta intensa entre partes que poderiam facilmente estar do mesmo lado. O exército ainda não sabe quem é o povo, quem terá a sorte ou o azar de assim ser considerado, e para sabê-lo pede ajuda a outras potências – enquanto isso, por inércia, prossegue matando quem sempre matou. Quando chegar finalmente a ajuda internacional, esse processo de aglutinação deve chegar ao fim, a algo próximo da forma definitiva da guerra. Por enquanto, os séculos, as gerações, as ideias difundidas, modificadas, os ódios ancestrais vão pedindo passagem para se estabelecerem no presente[5].

Uma granada faz sua parábola no ar; estoura em um homem ao lado do Cliente X, que na noite quase clara e avermelhada de fogos explode como um vaso com uma bomba em seu interior. No prédio comercial, cujas estruturas vibram de alto a baixo, um casal se abraça – de amor e de pânico.

---

[5] Antes, falava-se da estrutura do país, daquilo que o definia. A Várzea dos Automóveis, porém, nunca foi tão compreendida como agora: a cada dia que passa, seu excedente de espírito vai minguando, tornando-se mais enxuto, e já é possível ver suas costelas e suas vértebras. É evidente, agora, que a estrutura, apesar de ser o sustento interior, não é positiva; que sua visibilidade é ao mesmo tempo uma libertação aterradora; percebe-se agora que o que se chama vulgarmente de a "vitalidade" de um país é majoritariamente sua propaganda; o esqueleto de Vladimir não é Vladimir, e a identidade máxima é também falsificação. Um país que, como a Várzea dos Automóveis, conhece a si mesma, conhece também formas de sua morte.

O Cliente X termina a barricada com a ajuda de seus companheiros. No alto da ladeira, cercado por prédios com atiradores, é um gigante absurdo, de braços para o alto, celebrando, uma estranha figura de contos-de-fada emigrada para a guerrilha. Ouvem-se rajadas, estampidos secos. Nem bem construída, a barricada já serve de apoio para uma garota, que se levanta, atira, se abaixa. A seu lado, tomba um rapaz com um tiro que lhe acerta o pescoço, em uma pinta escura que fora sua marca de nascença.

O Cliente X corre para a retaguarda com lágrimas nos olhos, para construir novas defesas.

Tiânia S. e Rayanne S. observam o movimento

As meninas Tiânia S. e Rayanne S. estão sentadas nos degraus à frente de casa. Não têm ainda onze anos e chupam mangas que lhes amarelam os rostos e cujos caroços, bem seguros na palma da mão, têm um quê de pássaro tropical capturado, devorado por essas duas pequenas versões de Saturno.

Nesse ponto das Garateias há uma longa fileira de casas que se interrompe pela presença do córrego, pelo matagal, pelo lixo e pela rua não pavimentada, cuja terra tem cor de areia. Em uma dessas casas, sobrado de tijolos, estão sentadas as garotas, de calcinha, camisetinha da barbie e outra com "*love*" escrito com fontes imitando escrita cursiva, Tiânia de cabelos soltos e já emplastados de manga, Rayanne com um coque de elástico.

As meninas comem mangas de uma sacola e observam o movimento da rua. Veem as lendas estropiadas da Várzea dos Automóveis desfilarem: um garoto cuja perna foi amputada depois do acidente com uma "cabrita", o apelido que se dá a uma moto roubada; um cavalo pangaré quase morto, mastigando o mato e pedaços de lixo; uma menina andando com dificuldade, os pés virados pela pólio; um senhor de semblante fechado, curvo, carregando um saco com recicláveis; no bar, uma mulher mal alimentada, esverdeada, uma lata de cerveja na mão e a boca de lábio muito vermelho sempre aberta para o riso; um homem elegante, triste, que carrega uma bíblia debaixo do braço e se perde em uma viela; uma senhora muito gorda apontando para lá e para cá e dando ordens a todos, até se retirar para um salão de manicure muito escuro, cuja pequena televisão tem um quê de lâmpada votiva; não está ali agora, mas é certa mais tarde a aparição da moça loira, esqueletizada pelo crack; o rapaz que passa pelo bar, após haver sido expulso de outro, e que desapareceu de casa na última mudança de lua; e, embora não seja visível, há por todos os lados os indícios da presença do vampiro, cuja imagem nenhum espelho reflete.

Porém, entre todas as assombrações do bairro das Garateias, a que mais excita as meninas e as faz esperar com eletrizada ansiedade é a do Bruxo.

É agora, às duas da tarde em ponto, que ele chega. Vem montado em sua moto, sempre vestido de preto. Abre a porta de sua casa e empurra para lá sua única companhia, a moto vermelha. Depois, só há silêncio. Até que, às dez horas da noite, abrirá a porta e empurrando sua moto desaparecerá, dirigindo devagar.

"Você tem coragem de olhar lá dentro?", pergunta Tiânia S.

"Eu vou", esnoba Rayanne.

"Eu não tenho coragem."

E Rayanne S. vai à janela, como quem não quer nada. Sabe, contudo, que atravessou uma zona proibida. Olha pelos vitrôs quebrados e vê escuridão, teias-de-aranha, paredes de pintura desbeiçada, copos e pratos por todo lado. Os olhos de Rayanne se abrem; ela sente o cheiro azedo, percebe em cada detalhe das panelas sobre a pia ou no sofá e nas roupas jogadas a presença de uma tristeza poderosa, revoltada e, ao mesmo tempo, impotente. Há uma gaiola de pássaro vazia, o odor inominável dos corpos das baratas, um celular carregando no escuro e que emudecido se acende com a chegada de mensagens, e sobre a mesinha um caderno com raps e poemas escritos a lápis e uma pasta aberta, papéis idênticos, jogados, com as tenebrosas e mágicas palavras latinas "*curriculum vitae*". As narinas de Rayanne S. se dilatam; ela entende profundamente que um Bruxo é toda a força real, concreta, existente, é o próprio poder assustador da impotência. E então ouve um barulho e corre, pegando Tiânia S. pelo braço.

"O que foi?", pergunta a mãe, interrompendo-lhes a corrida, os gritos e risos.

"A gente viu, mãe!"

"Viu o quê, menina de Deus?"

"Ele, mãe."

"Ele quem?"

"O Bruxo."

A mãe ri e manda elas ficarem quietas: "Bruxo não existe. Vai limpar a cara e para de cuidar da vida dos outros!"

Mais tarde, a mãe vai cumprimentar com desconfiança o vizinho, que empurra sua moto às dez da noite e não retorna o cumprimento; e com a luz de freio quebrada se distancia, no areal, desviando dos postes, com uma arma debaixo da jaqueta para procurar Eurídice no inferno.

Assinando contratos

"Claro. Basta assinar aqui, aqui e aqui. Rubricar nas outras páginas."

Assinaram-se os papéis de concessão ou venda às gigantes Chevron, Tesla, Blackwater, J.P. Morgan, U.S. Steel e United Fruit. Os documentos assinados – essa é a promessa – e os jornais já poderão utilizar-se da palavra "revolução" sem nenhum temor.

"Assinados estes papéis", assegurou o homem, "e garantiremos à força que qualquer palavra possa se converter em seu oposto. Garantiremos que se faça do verbo o uso que se quiser. O poder será tão grande que será também semântico."

Por haver sido responsável pela articulação, Róbson Sertori ouve garantias de que será o próximo ministro da Cultura.

Vladimir aguarda o contato de Ivo

De sapatos lustrosos, calças brancas de brim boca-de-sino, cinto, camisa desabotoada nas quatro últimas casas, crucifixo de ouro com um Cristo sem rosto afundado nas pretas vegetações dos cabelos do peito, bigodes cheios, costeletas e óculos escuros de aviador, Vladimir fuma, à frente do Cinema Brooklyn, esperando o contato de Ivo, velho membro capa preta do Partidão.

O calor é pavoroso no centro bancário e comercial da cidade. Há quem se abane com livros, folhetos de propaganda, há quem ande de sombrinha – uma mulher de vestido amarelo que se defende do sol, mas, se sentindo observada por onde passe, acaba por criar no corpo um suave calor próprio, um calor moral – há quem sue em bicas debaixo de terno e camisa e os que, abrindo as golas, assoprem para dentro do peito com biquinhos de quem toca flauta.

A brasa se avermelha e estala, a fumaça some; a ponta do cigarro é uma montanha irregular, andina, o cume de geleiras vermelhas crescendo para baixo da crosta terrestre; e se acalma, cinza, e a fumaça volta a surgir em fios, mostrando os corpos invisíveis do ar e evidenciando uma orelha no meio do vazio. Vladimir olha apreensivo os dois lados da rua. Deve haver por ali – talvez o excessivamente estereotipado vendedor de pipocas, o rapaz – jovem demais – trepado na escada e consertando os fios do poste – algum disfarce, o Estado todo-poderoso se fazendo de Polícia Federal, que por sua vez se faz de homem trabalhador; teatro absurdo que induz a desconfiar de que a própria vida social é um faz-de-conta, um palco para as metamorfoses da Força, capaz de surgir agora ora como operário, ora como o suburbano vendedor de pipocas.

"Eu acredito que a vida social pode ser modificada", diz de si para si o apreensivo Vladimir. "E então a própria vida social se modifica, finge, se transforma, camufla-se para me matar. Eles estão brincando comigo", e sente nas axilas um suor diferente, que lhe pinga mais inteiriço e escorre sem que o corpo o absorva, um soro de pânico. "Não posso ter medo. Preciso me camuflar. Não há como: o medo já está me tornando visível."

Percebe que os moços e moças que passam olham-no mais detidamente do que deveriam. O pipoqueiro dá o troco ao cliente. E, então, o bilheteiro não é mais bilheteiro; o estudante não é estudante; o senhor que carrega uma pasta a segura como quem estaria habituado aos revólveres; a mulher com a sombrinha desvia sua atenção de propósito e o próprio calor tem algo de cenográfico. Alguém olha a rua de um sobrado, a porta giratória da agência bancária põe na calçada mais um figurante; parece-lhe que a sociedade tornou-se falsa, um apócrifo, uma irônica versão de si mesma, e que a única função verdadeira neste mundo é agora a espionagem. Joga a bituca no chão, pisa-a com um gesto ligeiro de que não se sabia capaz.

E então surge o homem magro, alto, de bigodes finos, que se aproxima, o terno enrolado no antebraço. Vladimir pensa por um átimo em seu futuro. Antes de correr, imagina uma sala escura, atulhada de papéis, entre os quais fichas e mais fichas de pessoas como ele, de pipoqueiros, eletricistas, metalúrgicos, estudantes, desempregados, seminaristas. Pessoas descritas pelo dramaturgo da Força, que os espera, no palco escuro, para que abdiquem e entreguem em seu altar elétrico um a um todos os seus personagens – até que por fim abram mão do Espírito, o mais radical personagem que lhes deu o Senhor.

In memoriam

Após auxiliar Gláucio Sparrow com o trenzinho, passando pelos bairros e coletando os corpos fuzilados para dar-lhes enterro digno, Wagner Pelúcia encontrou-se em um lugar completamente novo. Assim lhe pareceu.

Ouve o vento, que tem agora uma dicção de mar, intenso, mas que não arrasta, sequer move seu corpo. O vento sopra e ele, que nada vê, compreende que deve seguir adiante. Em direção a um rumor de sinos e tambores, canto, para dentro de uma montanha. Ele não vê o caminho, mas sente que se estreita; há um frio de pedras, mas que não o incomoda como antes, porque não lhe parece que possa ser ferido; sente, possivelmente pela primeira vez, o frio sem temor, ansiedade ou julgamento; não encontrando essa barreira e esse filtro em seu espírito, o frio parece agora querer comunicar-se, e o que diz é aquilo que é, nada além: fala e quando fala enuncia a si mesmo; surge um estágio primitivo do planeta, uma espécie de soneto de pedras, relâmpagos, frio e calor, um arranjo quase exclusivamente mineral. Em direção ao interior da montanha, já é possível ver o sol, ainda sem divindade, as estrelas se ajeitando ainda no anfiteatro do céu, pedaços tão grossos de luz que quando chegam à água a irritam e, em silvos, forjam coágulos irregulares. Depois de um céu escuro, em cuja barriga há milhares de deuses se virando, dedão na boca, fetos de touros, deuses parvos com um olho de ouro e Jeová ainda recoberto de cobras, enquanto os astros trocam de pele, depois da noite fria, com estrelas em estado larval, Wagner Pelúcia entra na montanha e entende que essas pequeninas, contidas explosões de luz são apenas o começo; há muito ainda que ver, pois as coisas que começaram ainda não acabaram, e nunca nada, exceto a consciência, conseguiu chegar ao dom de terminar. Entre as luzes e os pedaços de trevas, flutuantes, quase autônomos, como nacos de carne em uma sopa, há um prenúncio de formas; e Pelúcia tenta interpretar esses brotamentos, esses gerúndios visuais, talvez por um atavismo de que não pode ainda se livrar. Surge a tarde estrelada, o corpo amarelo e negro da paradoxal onça do mundo, as duras cerdas da abóbada celeste; a menina morta que é a parede da noite; surge a língua vermelha e esbranquiçada dos teoremas; o tédio dos monstros, a muda dinamite do amor, todas as cores do fogo; já são assombrações a fé e o comércio, são mobílias de museu as criaturas mais jovens, um trono o bezerro, cálice o potro com coração quente; são cemitérios que migram dentro dos peitos dos pássaros, são aranhas que só conseguem se alimentar quando predizem o futuro, geômetras e proféticas; mônadas ou umbigos, marcas de uma origem já tão distante que não possui cheiro, são ondas e a pulsação do coração há segundos parado; são dias de dor e de alegria, quando caem feito chuva os binômios, as cartilagens, os compassos, as novas bússolas da gordura, se esgotam tanto a morte quanto a vida, pousada uma sobre a outra como um pássaro sobre um centauro; são noites que eclodem de dentro do ovo de uma estrela, dias que saem da faringe de um galo, três dias cantados no cassino da ressurreição; pensamentos cotidianos, com a forma insolente do mato, preenchendo o vazio com seu crochê venenoso; duas fortes asas, com jeitos de pulmão, para fazer com o ar algo mais nobre do que a respiração; como a grata decepção de notar que uma fera é previsível, conceber agora a derrota como manifestação da invulnerabilidade – e, à força, como quem não pode fazer mais nada, crer; estar debaixo de um céu que jorra milagres, para ele já desde agora, no silencioso e septicêmico apocalipse; o sol de grandes caninos, comendo a terra por dentro, a luz pura com os lábios puros; mesmo sendo o início, Wagner o pressente, já há muito passou-se o tempo de morrer, de entender trocando créditos de dor, de tentar, de voar com as pesadas asas da vontade; é outro o instante, um dos lados da realidade que sequer os deuses intuem. Nasce dentro da montanha essa manhã ainda molhada, em que seres simples como fígados, como vesículas mágicas, sentem o poder da Graça e já começam a lentamente manusear suas próprias formas para criarem Cristo – e, então, com uma língua malformada, devoram uma criatura; um planeta de anfíbios, dragões, noivas, hereges; o primeiro Sermão da Montanha surgindo na primitiva forma da erupção vulcânica e os deuses evoluem de bichos e tornam-se frágeis e se estraçalham em pó. Mas Wagner Pelúcia segue adiante, tateando as luzes, o cheiro de sangue, entregando-se totalmente ao nojo até por ele ser iluminado. Anjos imensos se aproximam, anjos neandertais, que lhe acariciam o rosto com mãos ásperas, cospem em seus olhos e lhe arrancam as lentes da culpa; tomam-no e o levam acima das nuvens – "É hora", dizem, e já não há mais tempo, não há mais hora, e todas as essências desvanecem, restando apenas Ele, o Animal, cujo coração é o nosso universo.

O verdadeiro nome do Cliente X

José Reginaldo Pinto Gonçalves: assim se chama o Cliente X. Um nome comum, é verdade, e que deve ser olhado com atenção. O que é um nome? O que se vê, quando se contempla um nome? Essa forma imaterial de se conceber os mortos e de dar-lhes um pedaço significativo da existência dos vivos; esse nome que atravessou lajes frias, conheceu o desconsolo profundo e a solidão de se tocar cimento úmido, de sentir que se é tocado por ele; a solidão quase lunar do cimento morto e eternamente fresco; passou pela prisão, piso de céu e contrapiso de terra, atravessou noites em que o infinito se torna visível, um São Sebastião boreal e perfeito, primitivo, cravejado de astros; conheceu a madeira da casa, do berço, da cruz, quis se desagregar, se unir, ligar-se ao impossível, dormiu conhecendo a pele admirável que são os panos e sua bondade em forma têxtil. O nome, que viveu antes de José Reginaldo, cobra, exige, responsabiliza. A pessoa habitua-se, mas é como se arrancassem uma face do catálogo da morte e a fixassem em nós, em uma cirurgia linguística. Mas o que há em José Reginaldo Pinto Gonçalves que seja digno de nota? Aproximemos o ouvido. Ouçamos. É possível escutar, talvez, a briga de que surgiu o nome duplo? As discussões, os sonhos relatados ou inventados, as más lembranças de pessoas que ostentaram nomes bonitos mas os vilipendiaram, irresponsavelmente, lançando sobre eles uma mácula inesquecível? Pessoas cujo despudor comprometeu e conspurcou o que há de sagrado no nome; ou que, pelo contrário, atraíram tanta glória e tanta atenção ao nome roubado da morte que agora este se extravia, com viscosa cola de uma identidade excessiva, exageradamente inalienável, se esquecendo de que o nome da morte é público, que não está lá para identificar-se absolutamente com nenhum dos vivos? Moralistas, movidos pelo asco que lhes causa essa corrupção primordial, pai e mãe vão pegando rostos da escuridão, do sótão da memória, e os expõem contra a luz mais impiedosa, e não é incomum que à ternura se siga o puro mau-caratismo, que se cuspa no rosto dos mortos, erguendo um dos ombros e deixando na boca a plasticidade amarga de um esgar; e então outro nome, e apenas porque não veio da memória do pai o pai não o aceita; sem corar, inventa uma história que humilha, rebaixa, e é preciso uma nova face – prossegue a luta; põe-se essa face, fria ainda de escuridão, contra a luz, e talvez seu calor, talvez uma quase voluntária tensão nos dedos que a expõe a trinca, acima do olho; e a face é deixada de lado, com alguma piedade, mas para que desapareça no pó; lembram-se de tios, primos, namorados, avós, vão enfileirando feições e tateando ousadias, deixando que desabem nos buracos do esquecimento, erguendo-as um pouco mais alto que a anterior e deixando-as novamente cair, como se todo nome fosse insuficiente para vestir o manequim de um deus; mas em um momento, mais exaustos que inspirados, ou confundindo exaustão por inspiração, chegam ao acordo diplomático de ressuscitarem dois avôs. José Reginaldo Pinto Gonçalves – o que esconde a série enfileirada de nomes? Nada menos que o destino. Um aceno fortuito, um beijo, um namoro, a convergência de famílias e de história, o desamparo de um amor que não deu certo e a inesperada consolação em um amor com outro rosto. Esconde-se, por trás dos nomes, dessas peles recuperadas, os momentos de puro choque entre o Destino e o Amor, que aceleram o batimento cardíaco como se a história pudesse ser interrompida por sua extraordinária repetição. E ali está, chorando, resultado da própria Paixão do mundo, o Cliente X, cujo nome é o comum e absurdo José Reginaldo Pinto Gonçalves.

Diálogo entre PC McIntyre e o Goleiro Velho

PC McIntyre conversa com o Goleiro Velho. Certos negócios improváveis os ligaram, além de uma relação provinciana e familiar, distante como um poente, primos de primos de primos, cunhados e concunhadas, que quase remonta a um Livro de Números ainda dotado da lembrança do afeto.

"Goleiro: lutamos juntos contra os poderosos."

"Se o senhor me permite: fui goleiro. Lutei com todas as minhas forças contra atacantes poderosos. Defendi a linha do gol, a zona erógena da pequena área que cria ereções de torcedores na arquibancada. Mas da minha agilidade sobrou um quadril que grita à noite como um lobo; só me restaram a artrose e o orgulho. Meu joelho está cansado."

"Goleiro: seu joelho é o joelho fundamental. Seu joelho foi sacrificado. Seu joelho descansa em um paraíso de bois e de virgens."

"Meu joelho está danificado. Ele não se dobra."

"Não. É apenas o joelho verdadeiro, o crânio da mobilidade. Insubmisso."

"Meu joelho dói como um pecado."

"Teu joelho não tem pecado."

"Obrigado, seu McIntyre. O senhor é grande. O senhor é a cal no campo, a cerca sem matéria."

"No último dia do mundo, haverá um boi comendo sal da mão de um menino. Haverá no último dia uma partida de futebol, a revanche de Cartago contra Roma. E se saberá que chegou o fim pelo choque, pelo contato sagrado da dividida."

"Eu vi no campo as tuas colheitadeiras. O senhor tem um pasto de ciclopes."

"Tenho o campo de soja, que é silenciosa como um rio, que prega o amarelo na terra para os caminhões. Tenho um pasto de confinamento para fantasmas, uma eira feita com o infinito garfo do Criador. Os chifres que Deus deixou cair de sua cabeça são meus copos, há mil anos berrando leis, cheios até a borda com o mate, o gosto de grama cortada no Olimpo – eu como o que comem meus bois, para devorá-los na alegria. Goleiro: tenho um presente para você."

"Dá-me teu presente, porque eu não o mereço. Rei do gado, rei da cana, rei do café: eu o mereço, porque joguei entre os castelos de Nápoles, Pisa, nas ruínas do reino de Florença."

"Dentro do casarão da sede, onde não vou, onde os móveis não precisam de lençóis porque são limpos todo dia por escravos, está o seu presente. Lá está uma réplica do Deus do Norte. Tua nova zona erógena é o casarão. São sete metros o corpo do teu Deus. Bata palmas de humilhação ao adversário. Se você for bem sucedido, o jogo não existe."

"Obrigado. Se puder ir agora, irei."

"Lembre-se que nada de mau pode te suceder. O exército nasceu da minha coxa. Vai e odeia para sempre o corpo dos negros, defenda para sempre teu Deus contra o corpo do bugre. Defenda a castidade do zero a zero. E, por fim, nunca se esqueça: ama o teu joelho rígido."

Jair Johnson procura Vladimir

Durante a noite passam os homens da milícia com tochas acesas. Buscam algo, é evidente, porém toda vizinhança sente o temor das desordens, e quando ao som dos passos vem unir-se o repicar dos cascos do único cavalo da tropa, então os moradores se persignam e pedem proteção divina.

"O que será que aconteceu?"

Alguém ousa abrir a janela e perguntar sobre o incidente a seu conhecido, o soldado Laudemiro. Mas o momento, a função, o ofício e o orgulhoso sentimento de um medo oficial os afastam, e Laudemiro responde, seco: "Volta pra sua casa." O fogo das tochas entra nas salas, sobe pelos balcões, pelas cabaças e brilha nas garrafas verdes.

A igreja branca e de detalhes azuis surge na noite escura. A luz do fogo faz dramas curtos nos entalhes da fachada, cria teatros e cirandas de sombras: rostos, dedos, capuzes, um lobo, Xangô, o coração de Jesus com a rapidez de um lagarto.

O capitão da guarda grita sobre o cavalo:

"Vamos pegá-lo; vamos crucificá-lo. Ai de quem ajuda o Inimigo! Quem – entre vocês – quer que a noite deixe de ser noite, e o sol o dono do dia? Avance, quem tem essa palavra na parede da língua."

A multidão de sapos canta no brejo e as cancelas são postas para barrar janelas. Os adultos acendem velas. Crianças choram, narizes vermelhos, olhos apertados: o sono de um lado, a paz, e do outro o terror; o torpor monta a cavalo na noite, dentro do sonho das meninas, para adentrar os cânions lunares, fazer guerra, galhos secos e uma lua azul, para vencer a infância.

O fogo passa debaixo das copas das árvores e as andorinhas fogem para a escuridão, como morcegos, e deixam seus ninhos, seus ovos sós, sujos de merda e de lua.

Finalmente, a Missa Campal

"Gerião era um monstro de três corpos que tocava suas vacas pelos campos. Gerião era um triângulo de corpos e esses três triângulos apascentavam as vacas, osso, casco e carne. Entre as moscas, todas as formas da inteligência. Põe a tua boca na boca do gado de Gerião, e mastiga essa grama amarela, trotada de sol, sente crescer os teus dentes e a tua mandíbula, forma três capelas em teu estômago e vence, na língua, o mate da escuridão. Come, que agora você é a vaca dos três espíritos, triplicada de fome, e morde os talos; morde os pelos do planeta, segura a grande esfera na boca; engole a massa vegetal, alface da primeira lei, minério e salitre para que estejam abertos os teus olhos. Atrás de você, Gerião em três esferas. Sente o refluxo da tua vasta garganta sem cordas vocais, a deliciosa fome invertida, porque tens terra na boca. Pensa nessa hora de vagos gases e vagos vermes no sol poente e camponês, mergulhando sem chapéu nas trevas. Pensa, meu filho, em Gerião. Ele também deve ser filho do sol, de um volumoso rebanho de sóis. Teu triplo pastor não tem três perfis, mas três corpos. Sua mente não quer apreendê-lo, como seu estômago não aceita as pedras que você come. Cálculos de um sol renal, pensa nos três corpos tocando a você e os teus irmãos, vacas de quadris finos, campos verdes e amarelos e os montes azuis, as árvores arrancadas de suas companheiras fazendo guarda solo no pasto e anunciando o futuro, com sua delinquência de sombras, paradas e descabeladas com inautêntica inocência.

"Somos as firmes vacas de Gerião. E nós também seremos roubadas. Gerião desatento nos pastava sem sacrifícios. Mas éramos apenas um punhado; Gerião pastava as vacas da terra, do submundo e as vacas do céu; Gerião de três corpos, sem a proteína do pecado, nos dava de comer das nuvens, do mato e dos mortos, enquanto anunciava em sua flauta doce, feita de ossos, nossa triste permanência, nosso nomadismo, e a eternidade ia crescendo como um cupim nas costas da Razão. Assim ordenhava nosso silêncio o três vezes infinito Gerião. Não o olhávamos, porque seguíamos as ordens da fome. Antes de nos tocar, tocava-nos a fome e a sede, primeiros entre os dolorosos dons de Gerião. Mas sabemos, para imaginá-lo, que era pintado nas igrejas, nas casas, nos livros escolares e nas paredes brancas dos museus: como um homem velho, um menino, uma mãe, um conselho de sábios, um ramalhete de natureza morta onde havia um coelho, entre formas puras, geometrias, objetos escolhidos a esmo, riscos, rabiscos, cavalos, navios, trabalhadores de mãos e pés inchados. E nada disso importa, porque sabemos quem é Gerião, quem são os pastores e de quem somos hóspedes. Afinal, pastamos a terra, pastamos as nuvens, pastamos os mortos.

"Ande, portanto, com seus quatro cascos. Siga adiante, rumo àquela árvore, ao sete-copas caído da manga da Criação. Ilumina-te com a sua sombra, sente o vigor nos músculos e o refresco no frágil e sincero músculo da tua gengiva, da tua íris. Sente que manca uma entre suas quatro pernas. Que dói seu joelho magnífico. Sente que vibra uma articulação e vibra até o pescoço, não sendo dor ainda é fagulha, mas sente precisamente toda tua desatenção, como ignoras a ti mesmo. Sente a tua baba, que é como a espuma do mar, e saboreia-te a ti. Faz na tua pele um arrepio, irrita-te, e espanta a pequena mosca. Sente com toda tua força o vazio perfeito da continuidade, olhando o poente, grama contra osso nos teus molares. Gerião está atrás de ti. Então vira o teu pescoço, lentamente, para ver a presença dos três corpos, e vendo tanto ao ponto de nada ver, olha de volta para o chão, e come mais um ramo de energia. Chegará o dia em que o teu pastor se cortará em três vezes três carnes, para que prossigas pastando no absurdo.

"Nessa hora, também teus sonhos serão triplos. Sente, pois, teu corpo, porque jamais te será dado conhecê-lo novamente. Na misteriosa álgebra dos pastores, três e nenhum buscam sua cópula no escuro.

"E então pastarás, como já pastas, entre as nuvens. As vacas de Gerião comem o alto abismo e balançam seus rabos no frio forno do azul, comendo a carcaça das estrelas, os restos que a noite deixa apodrecer nos telhados do firmamento. A luz, ali, chega gritando como um bezerro, porém é esta a forma de sua tranquilidade. Você está a mil pés do último cutelo. Observa uma constelação de santos romanos, eles próprios com certa melancolia bovina no olhar, e sente a paz de seus irmãos e irmãs que buscam ramos de ar que pendem, que tremem, que celebram a mil pés de toda respiração. As andorinhas vistas de cima, e chuvas galopam os peões sobre as cidades. Passam as nuvens, estercadas de água, o ozônio como um diamante reluzindo no primeiro altar.

E sem que você saiba por quê, tomado pelo tédio que cria movimentos livres, seu pescoço se vira para o lado; e ali está, firme e total, a presença do teu severo amigo, Gerião.

"Você sabe que agora é hora de pastar entre os mortos. Não tenha medo. O que seria de ti, sem os mortos? Você não é vivo por obra deles? Não foram eles quem semearam os pastos que não poderiam provar, não te deixaram pronto o alimento e a água, na vasilha que ainda tem a forma dos seus dedos inexistentes? Os mortos agora não são senão gado sem olhos. Sentem de novo, sempre de novo, o que antes não fora sentido direito. Come, *vacum* de Gerião, que tua existência é fome. Come com fresco cuidado a boca dos mortos, digere três vezes todas essas línguas mortas, mastiga os dialetos do passado. Como formigas, os imaginávamos sempre atarefados porque subterrâneos. Mas eles parecem ter a paz daquilo que conhece o céu, paz vagamente ansiosa de quem prepara as malas. Brilha a escuridão, como os sapatos de um violinista, como os coturnos do soldado. Fungos cheiram forte, trufas de culpa, bulbos de antigo companheirismo, e demonstram que os limites da vida são triplos, estranhos, tão transparentes que se tornam obscuros, como todas as únicas vacas de Gerião.

"Anda, que cessou a comida no teu espaço. Avança. Com sua grande narina preta, viola para dentro de si essas trevas. Manca das tuas três pernas saudáveis, come o que te sobra, não o que te falta. Põe nos molares esses prismas abertos, digere no segundo estômago as folhas secas da permanência. Mineral é a injustiça, as naves paradas dos caixões. Teu cupim já fervilha de vida nova, depois da vida, dentro de nós, eclodem os ovos. Chegou a hora, mas você sabe que ainda pasta a terra, que ainda pasta o céu, que pasta agora a doce perna do silêncio. Chegou a hora, e você olha para trás.

"E no lugar de Gerião está o fogo. Ali, onde três formas convergiam para fora de nosso foco interior, está a água subindo até as escadas dos olhos. Onde estariam as sombras de seus pés está o novo nomadismo, a promessa de um pé que não pisa. O fogo, o oceano e a migração: as vacas que tudo conheceram pastam agora os mais velhos livros, quando toda comida se quebra nos dentes. Sabemos, agora, que estamos três vezes em lugar nenhum. Fomos postos para devorar o solo em que pisávamos. Gerião, triplo, nunca esteve lá.

"Gerião foi roubado por um homem forte e sem escrúpulos, que talvez não tenha um único corpo para chamar de seu. Nós, as vacas de um tríplice senhor com sono, com três distintas formas de sono, pastor desconhecido pelas três instâncias que governa, preparamos uma orgia de sacrifício como jamais viu o universo. Não resta nada, nem virar o pescoço; só nos resta, esperando, produzir a nova forma da morte. Conduzir Gerião e Hércules para limparem os estábulos, para verem o que será feito deles em nosso próprio sacrifício.

"Chega o dia em que serão extintos os bois e as vacas. A primeira extinção das pedras. E o que segurávamos na boca se revelará como um cutelo."

Espirros e relâmpagos

Um espirro é o resultado de um processo. Assim como mucosas esponjosas e vermelhas se irritam e se incham, com milhões de células inconformadas, e essa irritação prossegue em fervor até que o indivíduo alérgico tenha um espasmo neuronal e do espírito, tomando ar, para que enfim espirre e milhares de gotas redondas como planetas sejam expurgadas e flutuem em uma galáxia arbitrária, assim também a cidade inclina sua cabeça e inspira.

O calor extremo sem vento dá a insólita impressão, para quem como Laudemiro Costa olha as árvores imóveis pela janela do ônibus, de que o calor radical primeiro amoleceu, depois congelou todas as coisas. Essa tarde de sol é uma só longa prévia de espirro: a canícula eletrifica as ruas, o calçamento evapora o pouco que tem de água, uma energia azulada e cósmica se excita e se arrepia na superfície do solo – na superfície do calor amarelo a eletricidade azul – e toda a terra se prepara, como uma cabeça que vagarosamente se inclina, para o paroxismo da tempestade de relâmpagos.

Um nada, um pólen arrebentado, toca a rósea mucosa e eis que se dá uma inflamação, um estranho ressentimento da carne.

E ao longe, sobre a cidade, flanqueando o sol e entre a fuligem, surge a cicatriz de um relâmpago. E Laudemiro Costa, em um envergonhado relincho, espirra dentro do ônibus.

Vernissage

Vera Luz está radiante. A pesar-lhe o semblante, apenas, os instantes em que se erguem suas sobrancelhas, em que seus olhos buscam algo acima das cabeças: pelo visto, Vladimir não vem.

Mas não lhe faltam admiradores e homenagens.

De certo modo, tem a convicção de que depende de seu trabalho, hoje, a visita ou não de Vladimir, amanhã. Porém, está satisfeita. Nunca seu trabalho como periodista e mesmo editora-chefe lhe deu esse grau de contentamento. Os visitantes se entusiasmam. Sua experiência lhe diz, contudo, que o entusiasmo poderá se revelar superficial - o que só poderá ser determinado nos jornais, nas conversas instruídas, em alguns sites respeitáveis. Isso, contudo, agora não lhe importa. Observa a grande figura no centro do ateliê.

Há uma réplica imensa de Lázaro em mármore.

Suas feridas foram feitas com realismo excruciante. Seu olhar está perdido, é vazio como os das esculturas gregas. Leva um livro à boca, que está aberta.

Por todos os lados, perto das paredes e em círculo, máquinas de jogos e de cura: desfibriladores, um leito de UTI, caça-níqueis, fliperamas velhos.

É então que o Cliente X, José Reginaldo Pinto Gonçalves, entra pela porta principal e é de imediato notado por todos. Os presentes se calam, constrangidos. Com o olhar esgazeado, ele posta-se à frente da estátua.

Vera Luz prende a respiração.

Todos os presentes se apequenam. Lázaro em pedra e José Reginaldo, vivo, tornam-se maiores, imensos, e as máquinas parecem estar ali por eles. Vera Luz aguarda, não sabe o que esperar do intruso. E, com o silêncio expectante, é possível ouvir a música ambiente vinda das caixas de som.

Um jazz de elevador toca. Um jazz sem começo, meio ou fim.

José Reginaldo começa a se mover. Ignora todos em redor e encara, talvez sem ver, a estátua à sua frente. Com as mãos ao alto, quase tocando o peito machucado de Lázaro, inicia o que parece ser sua dança, sinuosa, suave. A seu redor, fervilha uma presença: a multidão de seus antepassados.

E todos eles, de mãos para o alto, dançam. Dançam, freneticamente, para Lázaro, para as máquinas que os cercam.

E, de repente, a alta-roda social os ovaciona.

Vera Luz recebe cumprimentos e os devolve, sem dar o devido crédito à Sorte. Ao fundo, enquanto o Cliente X prossegue em sua dança cada vez mais frenética, percebe a presença do banqueiro Esteves-Esteves, que se enfia por um corredor com a taça de champanhe na mão; quer avisá-lo, mas a dança inesperada e a presença de outras pessoas que lhe demandam a atenção a detêm: Esteves-Esteves não se envereda aos corredores dos mictórios, ou à saída, senão a uma sala extensa que termina a céu aberto, sob vão livre, cercada porém de paredes por todos os lados.

Vera Luz volta a sorrir e aceita os cumprimentos com calculada modéstia.

O Cliente X dança uma dança sem começo, meio ou fim.

Vera Luz aprecia a sensação, talvez exagerada, de ter se salvado de um naufrágio.

O último navio

O sol vermelho, o marrom de uma árvore sem folhas, a areia amarela levantada pelo vento, o zunido do mar azul – é o continente em que um dia esteve o Paraíso, mas eis que agora é um jardim perverso, um paraíso psicótico, em que os Arcanjos, quando piscam, têm modos de traficante.

O sal sobe, a areia sobe – seis saias livres – caem sobre o mar tranquilo.

O negreiro grita do cais:

"Deixa perecer os de fora da Arca da Aliança, os de dentro do Navio Negreiro. O lado de fora da Arca é o lado de dentro da minha embarcação."

Para além do mar cor de crepúsculo, o céu selvagem, sem astro algum, sem espessura, ocultando o Congo ilimitado, a pura vontade da planta e vontade celeste: o céu verdadeiro. Agora, as ondas barulhentas.

"Não quero aqui um de cada, dois de cada; não quero a diferença em meu navio. Quero um navio cheio da mesma coisa, cheio da mesma peça. Enche o meu navio das coisas que odeio; enche o meu navio das mesmas coisas até que elas se tornem invisíveis. Do selvagem à civilização, passo pela monocultura; abra um curral de monossílabos à minha chegada! Que o mundo seja tomado de uma monomania esplêndida! Abra o meu navio para eles – só para eles – que meu navio é o primeiro aniversário de seu pânico, abra as pesadas trancas que meu navio é o monoterror de Deus."

Alto-mar. O condimentado odor de vida marinha, berço e piñata de monstros (e de mapas – uma criança se assusta e, em casa, faz um desenho: os mapas nada mais são que o desenho feito em casa, após o incrível susto-oceano). Acima, a lua, puxando as águas pelos cabelos desde o azul claro do céu; a lua é um gigantesco astro transparente.

A presença poderosa do sal, invisível; sal que sonhou ser carregado para fora das trevas, junto das águas, sonhou penetrar em selvas e colonizar montanhas, desabrochar sua rosa-marisco nas cordilheiras; e de cujo sonho, extraído de seu logos insolúvel, nasceriam as patas leais do signo de Câncer para levá-lo ao absoluto. O sal – estivador do sangue

– o sal fulge, na água, no ar, no céu, na língua dos marinheiros, nos talhos dos escravizados, concreto e alucinante. Reluz nas crateras da pele dando-lhe horror lunar, tornando-se microscópicos crucifixos. O sal, primeira droga, droga de Enoque, cristal-prometeu com fogo branco, não é mais que uma estrela.

Vladimir e Jéssica olham o oceano e pensam ambos quase ao mesmo tempo em pular do convés. Sob as ondas, extensas e estremecendo de frio, um jardim de tubarões; a lepra ideal, instantânea, cem côvados de morte.

O ódio novo que une África a América é da magnitude de uma nova pangeia, não por acaso parida no oceano que criou a vida e ameaça extinguir a consciência do universo, extirpar o espelho de sal que a natureza cravou em seu íntimo, arrancar da Criação todas as perguntas. "Por quê?", se perguntam Vladimir e Jéssica, e todos os outros. "Quem não for capaz de responder, que faça silêncio, e tome seu lugar na fila do dia do Juízo". "Sim. E lá estará Deus, louco, irrecuperável, repetindo face a face com a parede do universo: 'Angola, Angola, Angola, Angola'".

Observam o mar até que são empurrados de volta ao porão – veem uma última vez o sol se tornar branco, policístico, com a radioatividade que um dia abrirá guelras na luz – o racismo, o ódio ao pobre, nascido da fissão do corpo transcendental de Cristo, voltando, pelas mãos invertidas da tecnologia, a se tornar um elemento da natureza: eis que o ódio já sonha com seu próprio sol. Negro.

Tarde da noite, Vladimir e Jéssica pegam no sono entre os mortos.

A Senhora, de andador, no roseiral

O alpendre dando para o roseiral. As rosas tortas, santas econômicas já feitas em espinho; rosas com rostos, de supercílio devastado, magras, solenes, afônicas e no entanto ainda santas, velozes no silêncio, filtros amarrotados. O roseiral, amarrado a barbante, podado e controlado, valente em sua humilhação, cercado de abelhas rosnando, cerca a casa e o alpendre e lhes dá um certo ar de graça. A casa se torna, sem que se saiba como, ao mesmo tempo mais simples e mais magnífica. Uma espécie de simplicidade meticulosa, uma simplicidade vertebrada, porém ainda una – exatamente como uma coluna óssea, perfeita e simples. As plantas, tetraplégicas, banham a casa e seus moradores, dão-lhes da colher de seus símbolos na boca.

Do assoalho de madeira, misterioso e falante, chegam as sêxtuplas pegadas. A senhora com o andador alcança o limiar do alpendre – muito devagar, com tendões de estátua – e seus olhos se contraem como esponjas marinhas: a luz pôs sobre o prato morno do mundo sua baixela de alumínio. As narinas da senhora de andador, machucadas de ar, se abrem e recebem os socos das rosas; desce para os lábios, sem pressa, um muco translúcido, puro como o dia.

O Velho, que se preparava para bater palmas, espera à frente do portão de ferro. A casa é cercada de grades. A Senhora relaxa as pálpebras, e surgem seus olhos pequenos, de boneca. Muito lentamente, vivendo os séculos contidos em cada segundo, ela se senta. Somente então o Velho abre o ferrolho e o portão enferrujado canta sua dor, sua artrose de ferro.

O Velho se aproxima. A Senhora veste uma blusa branca, em que estão estampadas pequenas flores. Ele se senta a seu lado, no chão, e olha seu rosto, cuja atenção não está neste mundo.

É uma rosa de rugas, quelônia e vegetal; sem dentes, seu queixo avança, e ela sente a volúpia esquecida de tocar gengivas com gengivas. O Velho a olha, enternecido. É muito, muito mais velha que ele, e tem a única sabedoria possível nesta Criação, que é uma serena senilidade.

Ao longe, ouve-se uma explosão. O rosto da Senhora exibe um perpétuo sorriso, com aquela poderosa simplicidade das rosas, e de repente, no alpendre, sob a tina da luz solar, no jardim exuberante e raquítico, o Velho tem a impressão de que, de agora em diante, todos os cemitérios serão cemitérios de máscaras.

"Rejuvelhescer", pensa.

O Velho ri e chora, ao lado da Senhora, enrodilhado, e diz, entre soluços:

"Agora sei. Agora entendo: quando digo 'eu', foi o sol quem me permitiu dizê-lo. Há em mim algo maior, que não é vivo – a alma. Me arrependo, agora, de todos os fogos".

E, batendo palmas, dizendo-lhe "parabéns", chorando, canta à senhora de andador uma música que um dia, há muitos séculos atrás, ouvira no rádio.

pólen bold 90 gr/m2
tipologia garamond
impresso na verão de 2023